KB057453

조선시대 변천사를 알 수 있는 야담

한국의
해학과 육담

편저 김영균

법문 북스

머리말

 구전을 바탕으로 하고, 다시 구전되는 이야기인
야담은 문헌설화라고 할 수 있다. 처음에는 알려
진 인물에 관한 일화로 시작하였으나 나중엔 하층의
인물을 주인공으로 삼아 길고 복잡한 사건을 전개하는 작품으로 등장한
것이 야담의 변천사이다. 그런 것들은 전설과 민담을 복합시키고, 유기적
인 구성을 갖추었다. 새로운 환경, 신분제의 동요, 화폐경제의 발달, 민중
기질의 고양 등으로 빚어진 자아와 세계의 대결을 적극적으로 반영하는
작품들도 있다.

야담은 한문을 겨우 아는 사람들까지 즐겨 읽어 대단한 인기를 누리면서
한글로 번역되기도 했다. 소설처럼 내용이 풍부하고 표현이 다채롭게 되
었다. 독자층도 남성으로 이루어져 여성 독자를 확보하지 못한 것이 흠이
었지만 여성이 적극적으로 살아가는 모습을 그리는 데서는 오히려 소설보
다 앞섰다.

야담집 중에서 가장 대표적인 것이 청구야담인데, 청구야담은 한문 단편소설을 비롯한 민담, 전설, 소화笑話, 일화逸話 등이 포함되어 있는 야담집으로 조선 후기의 야담류 중에서 가장 많은 작품을 수록하고 있다. 청구야담은 봉건시대 해체기에서 근대로 이행하던 시기의 문학 현상의 한 단면을 여실히 보여 준다. 청구야담이 편찬된 시기는 대체로 19세기 초반 에서 중반으로 추정되지만 청구야담에 수록된 작품들은 18세기 영ㆍ정조를 중심으로 하여 17세기 후반과 19세기 초 사이에서 발생하고 구연되던 이야기들이 기록으로 정착된 것이라고 할 수 있다.

조선시대 변천사를 알 수 있는 야담

한국의
해학과 육담

편저 김영균

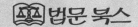

법문 북스

명기절개

　　　　명나라 만력萬歷 연간의 일이었다.

　이갑李甲이라는 젊은이는 절강 소흥부浙江紹興府에서 명문 거족의 자손으로 유명한 이포정李布政의 큰 아들이었다. 이 갑은 이러한 집 큰 아들로 귀하게 자라고 응석으로 자라서 공부를 잘하지 못하였고 마음은 약하기 여자와 다름없었 다.

　그러나 청운의 뜻이 전혀 없는 것은 아니어서 동향 친구 유우춘柳遇春이란 청년과 작당하여 북경으로 올라온 지 반 년이 지나 좌감坐監이라는 벼슬도 아닌 벼슬을 얻어 지내 고 있으면서 그 대신 전에 감히 하여보지 못하던 일 하나 를 배우게 되었는데 그것은 교방敎坊 오입이었다.

　나이도 젊고 인물이 여자와 흡사하다 할만치 고와서 교방 에 출입하는 허다한 남자 가운데서 특히 뛰어나 보이었다. 인물이 그러하였을 뿐 아니었고 돈 쓰는 데에도 그다지 남 에게 뒤지지 않았다.

　이러한 인물과 이러한 풍도를 가지고 일없이 지낼 수는 만무하였다.

교방의 미인들은 서로 다투어 이공자의 총애를 받아 보고
자 하였다.

그 많은 미인 가운데에서 동료의 질시와 선망을 받아가며
마침내 이공자의 마음을 사로잡은 한 미인이 있었는데 그
는 두십랑杜十娘이라는 기명을 가진 열아홉 살 먹은 예기였
다.

교방사원教坊司院 천여 명 예기 가운데에서는 첫째 둘째를
다투는 미인으로 만도 유야랑의 인기를 끄는 아교兒敎였다.

두십랑은 열두 살 먹었을 때 지금 양모에게 몸이 팔려 와
서 오늘까지 칠년 동안 수만금의 돈을 벌어 주었다. 그의
인기는 그의 고운 얼굴과 절묘한 기예와 아울러 그의 착한
마음에 있었다.

그의 마음은 이러한 화류계에서 드물게 보는 착한 마음을
가진 여자였다. 동료 중에 신병으로 고생하는 사람이 있으
면 자기의 용돈을 절약하여서라도 도움을 아끼지 않았고
유야랑 가운데에 너무나 끝없는 짓을 하는 자가 있으면 그
의 미움을 각오하면서도 그의 비행을 극구 만류하기도 하
였다. 사소한 일이라 할지라도 이러한 일들이 사람들의 인
기를 끄는 비결인가 싶었다.

그리하여 두십랑을 자기 것으로 하려는 야망을 가지는 남
자들이 나날이 늘어갔다.

그러나 두십랑은 웬만해서는 몸을 허락하지 않았다. 돈이

면 무슨 일이든지 못할 바 없는 화류계이지만 두십랑의 절
개를 깨뜨리지는 못하였다.

　권력도 하잘 것 없었고 황금의 힘도 쓸 데 없었다. 이러한
두십랑이 한 개 한미한 서생 이공자李公子에게 몸과 마음을
아울러 기울일 줄은 누구나 상상도 하지 못한 일이었다.

　두십랑은 이 공자를 만날 날부터 눈에 보이지 않는 굳센
힘이 둘의 몸을 붙들어 매어 주는 것처럼 떨어지기가 싫었
다.

“이러고도 내가 소위 명기이던가?”

　이러한 반성을 하기는 하면서도 두십랑은 이공자의 곁을
떠나기 싫었고 이 공자 앞에서는 마치 처녀같이 얼굴이 붉
어지고 가슴이 두근거리었다.

　이것은 두십랑이 그러할 뿐이 아니었다. 이공자 역시 두
십랑과 자리를 같이한 이후로는 다른 교방에 발을 들여 놓
지 않았다.

　초련初戀에 미친 두 남녀의 얼은 남 보기에 해괴할 만치
상규常規를 잃었다.

　이 공자는 몸에 지니고 왔던 돈은 이미 써서 없거니와 멀
리 아들의 성공을 축하하고 있는 시골 부친을 속이어 많은
돈을 올려다가 이 교방에 썼었다.

　그러나 두 사람의 정은 오직 깊어갈 뿐 그칠 바를 모르고

있었지만 이공자의 생활은 궁핍해지고 있었다.

이공자의 부친은 아들의 방탕을 눈치 채게 되어서 겨우 살아갈 만큼의 돈을 아들의 친구 유우춘柳遇春에게 부쳐서 아들에게 내어주게 할뿐으로 넉넉한 돈을 보내지 않았다.

이렇게 된 이 공자의 가슴은 아팠다.

그러나 그보다도 더 급하고 아픈 것은 두십랑의 사랑을 놓칠까 하는 두려움이었다. 그리하여 이 공자는 가졌던 패물과 책까지도 내 팔아가지고 두십랑의 집에 출입을 계속하였다.

유우춘은 친구가 타락하여 가는 것을 보며 은근히 책임을 느끼지 않을 수 없어 만류도 해 보았다.

"여보게 우리가 애초 교방에 출입한 것은 열인도 하여 보고 견문도 늘려 보자는 것이었지. 자네처럼 몰두 종사하자는 것은 아니었으니, 그만 정신을 차리는 것이 어떠한가? 유래로 교방 기녀란 믿을 수 없는 것이니."

하면 이 공자는

"이것도 한 때이고 저것도 한 때이니 미칠 대로 미쳐 보겠네."

하고 막가는 말을 하는 것이었다.

이 공자는 부친의 마음을 거역하고 아내를 배반하고 친구를 잃고라도 한개 두십랑을 얻어 보자는 결심이었다.

두십랑 역시 이공자의 열렬한 사랑에 진정을 바치지 않을

수 없었고 그 역시 모든 것을 잃고서라도 이 공자 하나만을 얻으면 만족하다고 생각하였다.

그러나 이러한 열렬한 정이 맺어진 둘 사이에 한 커다란 장해는 역시 돈이 없음이었다.

두십랑의 수양모 되는 노파는 이갑李甲의 수중이 점점 궁핍하여 가는 형편을 보고 냉대하기를 시작하였다.

어제까지 이갑을 보면 바로 왕후장상이나 맞이하는 듯이 아첨과 봉명을 유공불급해 하던 노파가 오늘은 눈살을 찌푸리고 괄시하기를 마지않았다.

화류계란 돈이 없는 날이 인연이 끊어지는 날인줄 알면서도 이갑은 불쾌하기 짝이 없었다.

그러나 그렇다고 발을 끊을 이 공자는 아니었다. 싫어하거나 미워하거나 이 공자는 두십랑의 정을 유일의 편을 삼아 하루도 거르지 않고 드나들었다.

그런 중에도 가장 고생은 두십랑이었다. 이 눈치 저 눈치를 보아가면서 이공자의 마음을 즐겁게 하자니 더욱 힘이 들었다.

노파는 이제는 노골로 두십랑을 꾸짖고 욕설까지 하는 날이 늘어갔다.

"이런 빌어먹을 신세나 보지, 이마에 솜털이 미어지기 전에 데려다가 인제 제법 돈푼이나 벌게 되니까, 게다가 버러지가 붙어 일 참 잘 된다. 이럴 거면 차라리 다른 교방에

분하고 억울하고 괘씸해서 눈물도 나오지 아니하였다.

사월랑은 발바닥으로 뛰어나오다 시피 둘을 맞아 들였다.

이공자가 두십랑을 속신코자 돈을 주선하러 다닌다는 말은 들어서 알았지만 오늘 이렇게 올 줄은 몰랐었다.

"아니 그런데 아우님 속신하고 나오게 된 것이 기쁘긴 한데, 대관절 어쩌 이렇게 급하게 나왔어?"

하며 사월랑은 두십랑의 초초한 행색을 휘둘러본다.

참고 참았던 눈물이 두십랑의 두 뺨에 흘러내렸다.

"세상에 이런 법이 있어요, 세상에 이 노릇을 해먹을 년이 어디 있어요. 우리가 팔자가 기구해서 이 짓을 했지만은 이런 냉혹한 대접을 받아보기는 난생 처음이어요."

하며 수양모의 냉혹한 태도를 눈물 섞어 이야기 하였다.

당한 두십랑보다 듣는 자들이 이를 갈았다. 신세가 일반인 처지에 있는 그들이라 남의 일 같지 않았다.

"아니 세상에 그런 몹쓸 늙은이가 어디 있나? 그게 인두겁을 썼으니까 사람이지, 온전히 죽지는 못하리라."

이러한 욕설까지 하였다. 그리고 동정의 눈물이 저절로 솟아올랐다.

사월랑은 이를 갈다시피 하며

"가만있게, 아우님을 이렇게 초초히 보내서는 우리들의 낯이 깎이네."

하고 동료들에게 통문을 돌리어 모이게 하고 일변 자기의

패물 등속으로 장신을 해 주었다.

"형님 어찌하려고 이러세요?"

"아니 자네가 당한 일이 내가 당한 일이나 진배없네."

하고 일변 부근 반관에 기별하여 성찬을 차리게 하였다.

이리하여 두십랑과 이공자를 주빈으로 성대한 송별연을 열었다.

이 송별연은 북경 화류계에서도 드물게 보는 굉장한 연회 이었다.

일등기녀란 명기는 다 모여들었고 시내의 바람둥이들이 다 모여들었다.

반나절 밖에 안 되는 시간에 간신히 통문을 돌렸건마는 그 통지를 받은 기생들과 오입쟁이들은 하나도 빠지지 않고 참석하였다.

평소에 남에게 미움을 받지 않던 두십랑의 인기가 그렇게 만든 것도 만든 것이지마는 주관하는 기생이 당대의 명기의 하나로 유명한 사월랑인 덕도 있었다.

이날 밤이 초경에 가깝도록 진탕으로 놀은 후에 먼저 두 십랑 내외를 사월랑 자기 집으로 보내고는 사월랑이 일어 서서 일장 설화를 하였다.

두십랑의 지금 처지와 수양모의 냉혹한 처사를 호소하였 다.

사월랑의 눈물겨운 호소는 듣는 사람의 심금을 울리었다. 여럿은 의분이 일어나고 동정이 생기어 삽시간에 전송 금이 모아졌다.

너도나도 하여 성책에 응분의 금액을 기록하였다. 사월랑은 자기 일처럼 기뻐하였다. 그리고 눈물을 흘리며 여러 동료에게 치사를 하여

"우리도 사람이란 것을 이런 때에 남에게 알려 봅시다!"

하고 부르짖었다.

두십랑 내외는 연회를 마치고 그날 밤은 은혜를 입은 유우춘의 여관에서 하루를 이야기로 새웠다.

그리고 이튿날 곧 행장을 차려가지고 절강 고향으로 가기로 하였다.

고향을 떠나서 단둘이 새가정을 이룬다 할지라도 일단 시부모에게 신부의 예를 마치는 것이 도리에 옳은 것을 두십랑 자신이 역설한 까닭이었다.

그러나 이공자는 두십랑을 데리고 고향으로 가기를 매우 꺼려 하였다.

"그대의 말이 지당함으로 가기는 가야하겠네마는 오늘까지 부모에게 불효를 끼친 나머지에 외첩을 데리고 간다면 우리 둘은 문전에 들이지 않을 것 같네."

하며 두십랑에게 슬픔과 고생을 끼칠까 염려하는 것이었다.

"차라리 이곳에서 무슨 짓을 해서 살아가든지 그대로 몰래 살아가다가 나중에 알면 알고 모르면 모르게 하는 것이 좋지 않을까?"

하고 재차 두십랑이 결심을 고치기를 바랐다. 두십랑은 의외라는 듯이 불만의 빛을 얼굴에 띠며

"그게 무슨 말씀이세요. 우리들은 평생을 누릴 결심을 하고 함께 되었거든 한때의 부모의 노염을 두려워하여 숨어 산다는 것도 말이 되지 않고 무슨 큰 죄라고 그다지 숨어 살게 무엇입니까. 그뿐 아니라 여기서 사는 것이 불미한 일이라면 어찌 이 소문이 고향 댁으로 전해지지 않겠어요? 나중에 양친께서 아시고 보면 더구나 노염이 크실 것이 아니겠어요. 부자지간은 천륜이어든 어찌 영영 뵙지 않고 말게 될 리 있겠어요. 나 역시 한개 천첩이라 할지라도 공자를 평생의 남편으로 모시는 이상 어찌 시부모의 알아보심이 없이 지낼 수 있습니까. 그런 말씀은 섭섭한 말이시니 행여 그렇다 생각 마세요."

이공자는 두십랑의 도리 깊은 말에 대답할 말이 없어 고개를 숙이고 있고 곁에 있는 유우춘은

"여부가 있는 말이요, 지당한 의견이지. 여보게, 이군. 자네는 너무 심약해서 못쓰겠네. 부모의 노염은 한때의 노염이고 도리는 천고의 도리가 아닌가."

하고 권하였다.

두십랑은 이공자의 눈치를 보며 한편으로 가엾게 생각함
이었든지

"만일 불쑥 들어가시기가 난처하시거든 함께 내려가서 나
는 댁 근처에서 며칠 여관을 잡고 있을 테니 그동안에 부
모님의 노염을 푸시게 하고 나중에 들어가 뵈옵는 것도 좋
지 않겠어요?"

이 말에 다소 생기를 얻은 이 공자는

"그럼 그렇게 하기로 하고 떠나기로 합시다."

하였다.

이리하여 곧 출발하기로 의논이 끝나자 유우춘은 여관 하
인을 내보내어 하남으로 내려가는 배 한척을 잡게 하였다.

두십랑은 길을 떠나기로 결정이 나매 더욱 기뻐서 어쩔 줄
모르는 것이었다.

그러나 이 머나먼 뱃길이 비참하고도 애달픈 나그네 길이
될 줄이야 귀신 아니어도 어찌 짐작조차 할 수 있었을까?

이틀 동안을 유우춘의 집에서 지낸 두십랑 내외는 때마침
하남으로 내려가는 배를 타게 되었다.

마침 다른 선객이 극히 적었기 때문에 배는 마치 두십랑
내외를 위해서 꾸며 놓은 배와 다름없었다.

"명화, 두십랑이 연경을 뜬다네."

하는 소문은 북경 화류계에 파다하여져서 이날 강두에는

때 아닌 꽃이 만발하였다.

여느 때는 지저분하고 혼잡하고 비린 냄새가 코를 찌르는 부두에 오늘은 꽃 같은 기생들이 향기를 피워주는 것이었다.

당대의 명기란 명기는 사월랑을 비롯하여 모두 모여들었고 유명한 반관의 장괴들도 친히 못 오면 대인이라도 보냈다.

개중에는 오입쟁이도 많았다. 평소의 두십랑에게는 직접 간접으로 폐를 끼치는 사람들은 구경 겸 모여들었고 이공자의 친구 그리고 이 모든 광경을 구경하고자 모여든 군중은 부두를 시커멓게 물들었다.

배가 닻줄을 감아올리고 주황색 돛을 올리기 시작하니 부두에 오른 여러 사람들은 이구동성으로 일로평안一路平安의 인사를 부르짖었다.

이때에 사월랑은 조그마한 손궤 함을 손수 받들고 배 위에 올라서 두십랑에게 전하며

"이것은 남아 있는 우리 동무들의 정성껏 모아서 아우님께 드리는 것이니 약소타 말고 받아주게."

한다. 그리고 이어서

"이것은 우리들의 정성이 모인 것이니 함부로 열지 마시고 급할 때에 열어보게."

하며 입으로는 웃으면서도 눈에는 눈물이 금방 떨어질 듯

이 가득히 고이었다. 두십랑은 감격해서 눈물을 흘리며

"여러 동료의 은혜를 무엇으로 갚아야 하겠어요. 배에서
내려 일일이 인사할 수 없으니 형님이 대신해서 전해주세
요."

하고 그 궤를 받아 옆에 끼고 뱃전에 나서서 여러 동료를
내려다보고 몇 마디 인사를 하였다.

그러나 감격에 눈물이 솟아 말이 잘 나오지 않았다.

이 광경을 바라본 여러 기생들은 거의 다 손수건으로 눈을
가리고 코를 훌쩍거렸다.

유우춘은 육지에 내려서는 차마 바로 볼 수 없음인지 돌아
서서 자꾸 눈물을 씻는 것이었다.

그 중에 수선쟁이 오입쟁이 하나가

"기쁜 길을 떠나는데 눈물이 웬일이요. 자아 배가 떠나니
고별이나 하시오."

하고 소리를 치며

"두십랑 내외 백세천세!"

하고 부르짖었다.

삿대가 육지를 밀자 육중한 배는 뱃머리를 돌리기 시작하
고 여럿의 입에서 터져 나오는

"일로 평안히 백세를 누리시오."

하는 인사의 소리가 한 덩어리가 되어서 부두를 흔들었
다.

무심한 배는 물을 헤치며 몸을 돌린다. 이공자는 손을 들어 여럿에게 인사하고 두십랑은 뱃전에 머리를 대고 엎드려 울었다.

아름답고도 애처로운 광경에는 아무 관계가 없는 구경꾼들도 눈물을 흘리지 않을 수 없었다.

"허, 제-기 북경에 자랑거리 하나 없어졌네!"

하고 히히 탄식을 하는 사람도 있었다.

"여비가 모두 얼마나 남았소."

하고 이공자는 두십랑에게 묻는다.

연경에서 떠난 지 사흘 후에 풍우가 밀려와 중간 어느 연강 포구에 배를 대고 사, 오일을 묵고 나니 서울서 지니고 떠난 이십 냥 여비는 얼마 남지 않았을 것 같아서 심약한 이공자는 이렇게 아내에게 물어본 것이었다.

두십랑은

"이십 냥을 가지고 떠났으니 얼마나 남았겠어요. 그러나 설마 돈이 없어 중간에 봉변이야 하게 되겠어요."

"돈 없으면 봉변이지 별 수가 있소."

"정히 그렇게 심려가 되시면 안심하시도록 보여 드리리다."

하고 두십랑은 한편으로 너무나 심약한 이공자의 태도에 불만을 느끼면서도 애인의 심려를 덜어주기 위해서 출발 임시에 사월랑이 전하고 간 조그마한 상자를 끌러 이공자

의 앞에 놓으며

"이걸 좀 열어보세요, 무엇이 들어있는지는 모르지마는 어려운 때에 열어보라고 했을 적엔 기필코 그 속엔 돈이 들어있을 듯 한데."

이공자는

"당신에게 준 것이니 당신이 열어 보시오."

하는 것을 두십랑은 얼레빗으로 머리를 가리면서

"네 것 내 것이 어디 있어요. 어서 열어보세요. 열쇠가 여기 있으니…"

하고 협낭을 내밀었다.

협낭끈 끝에는 조그만 열쇠 두개가 매달려 있었다.

이공자는 상자를 열었다. 그 상자 속에는 또 한개 조그마한 궤가 들어있고 그 궤위에 한 봉의 쇄금碎金이 놓여 있었다.

"여보, 금이구려, 금!"

하는 이공자는 반가운 낯으로 그 사금봉지를 두십랑에게 말했다.

"얼마치나 될 것인지 꺼내보시오, 그려."

"이거 아무리 적게 치더라도 백량은 될 듯싶네요."

"그만하면 족하구려, 설마 백 냥까지야 들겠소, 또 그건 무엇이요?"

하고 턱으로 그 상자 속에 있는 궤를 가리킨다.

"글쎄 가만있어 보시오."

하고 이공자가 이윽히 그 궤 두께를 들여다보더니

"여보 여기 이상한 글이 쓰여 있구려."

한다.

두십랑 역시 이공자의 말에 호기심이 생겨서

"어디 봅시다."

하고 자기 앞으로 끌어다가 들여다보니 거기에는 세자細
字로

杜娘以外 斷勿觸手 如有違則 當有重報
(두랑이외 단물촉수 여유위측 당유중보)

의 네 글귀가 쓰여 있다.

"나보고만 보라고 했네요, 어이, 무엇이기에 이 따위 장난
을 했을까, 나만 보냈으니 나만 그럼 열어볼까?"

하고 그 궤짝을 들어 자물쇠를 열고 그 속을 들여다보고
는 다시 뚜껑을 덮어 잠그며

"장난들도…"

하고는 웃음을 지었다.

그러나 그의 얼굴엔 숨길 수 없는 기쁨의 빛이 떠올랐다.

"무엇이오?"

"시댁에 가서 차차 보여드리리다."

이면 어찌 자세한 사정을 아뢰었을 것이요."

"그럴진대 기탄없이 말을 하겠소마는 지금 이형이 취하시는 방책이 매우 졸렬하다고 생각합니다. 이형의 부친께서는 이미 이형의 오입을 극히 괘씸히 생각하셨을 것인데 이제 또 돌연히 외첩을 대동하고 고향으로 돌아 왔다하면 상필 체면을 생각하셔서라도 용서하실 리 만무하고 또 친구를 찾아 부자간의 조종을 청한다 할지라도 누군들 이형의 춘부장을 쫓으려 하지 불효의 아들 편을 들 사람이 있을 리 있습니까, 그리고 본 즉 첫째 부친의 노염을 더욱 크게 하는 것이요 둘째는 남의 동정을 잃어 기필코 이형은 진퇴양난의 곤란을 받을 것입니다. 그 뿐 아니라 그러저러 하다가 노수나 떨어지고 보면 젊은 여자를 여관에 두고 큰 고생을 하게 되오리다. 형과 같은 형편에 빠져서 큰 고생을 하던 친구를 내 눈으로 본 경험이 있으니 말씀하는 것이외다."

이 말을 듣고 보니 이갑의 가슴은 갑자기 답답하였다.

그러지 않아도 지금 있는 돈이 얼마나 지낼 수나 있는지 알 수 없는 터에 진퇴양난이 되리라는 말을 들으니 더욱 큰 협위를 느끼지 않을 수 없었다.

"아닌 게 아니라 형의 말씀이 극히 지당한 말씀이외다."

"지당하다고야 말씀할 수 있지마는 하여튼 십중팔구 그렇게 될 것은 분명하외다. 그런데 도리가 하나 있긴 하오만

형이 믿어주실는지 모르겠소.”

“그게 무슨 말씀이요. 쌍말에 뒤보고 밑 아니 씻은 셈으로 그냥 지날 수 있는 일이겠소? 어서 말씀해 주시오.”

“글쎄 친한 친구가 아니면 겸연쩍어 못 할 말이요 마는…”

“어서 말씀이나 해보쇼.”

“그러면 아주 기탄없는 말을 해 보겠소. 자고로 말하기를 부녀는 수성무상婦女水性無常이라고 해서 믿지 못할 것이라고 말해오는 터이지마는 화류계 여자란 더구나 믿지 못할 것이외다. 항차 내행은 대원명기大院名妓이었다 하니 서로 아는 사람이 천하에 가득하였을 것이고 그 중에는 깊은 관계가 있는 사람이 없으리라고는 생각할 수 없지 않소? 그러고 본즉 다시 한 번 생각해 볼 여지가 있다고 생각합니다.”

“이런 말을 하는 것이 혀의 내행이 꼭 그런 일이 있다는 것이 아니라 비유하면 그렇다는 것이니 행여 어찌 아는지는 전에도 나의 친구 하나가 형과 꼭 같은 형편으로 외첩 하나를 얻어 가지고 고향으로 내려가서 우선 여관을 잡고 며칠을 유숙시켜 놓았더니 바로 이, 삼일 되는 날 밤에 부지거처로 도망해 버리지 않았겠소, 그래서 차차 뒤를 알아본즉 따로 정부 하나가 있어서 서로 짜고서는 그 친구로 하여금 몸만 치르게 하고 저희끼리 짜고 도망을 한 것이 분명하게 드러났다는 이야기를 들었는데 이번 형의 일과 그 친구의 내행과는 사람도 다르고 하니 천부당만부당한 일이겠지마는 그런 일도 생각은 해 두어도 좋은 일이 아니 겠소?"

이공자의 가슴은 이 손부의 말에 다소 동요되지 않을 수 없었다.

그러나 그는 강잉해서

"설마 그런 일이야 있겠소?"

하고 부인하였더니 손부는 고개를 흔들며

"흥, 그렇게만 믿으시오. 유래로 강남자제는 교언영색의 무리가 많기로 유명하니 형이 없는 동안에 벽에 구멍을 뚫고 담을 넘는 위인이 없으란 법이 어디 있으며 그렇다고 내행을 데리고 부모께 뵙자니 반드시 부친의 큰 꾸지람을 받고 혹은 집에서 쫓겨나게 될 터이니 위자지도에 일개 계집으로 말미암아 집을 쫓겨난다면 친구인들 돌볼 사람이 있을 리 있습니까. 대관절 무슨 낯을 들고 천지간에 서시 려고 합니까?"

속이 깊지 못한 이공자는 이 말에 완전히 끌리고 말았다. 들을수록 당연한 말같이 들리었다.

"아니 그러면 장차 어찌하면 좋단 말씀이오?"

하고 재차 물으니까 그는 빙긋이 웃으면서

"내게 좋은 계책은 하나 있지만 형이 신정지초에 서로 떨

어지기를 싫어 할듯하니 공연히 말품만 팔면 무얼 하오리
까?"

"그게 무슨 말씀이요, 내게 좋은 계책이면 나에게는 은인
이신데 무슨 말씀을 못 하실 게 있소."

"그러면 말씀하겠소마는 나의 생각에는 춘부장께서 이제
까지 노하고 계신 원인이 어디 있느냐 하면 형이 북경에서
화류계에 허다한 돈을 낭비하였다는 것에 있은즉 내가 돈
천금을 드릴 것이니 그것을 가지고 가셔서 부친께 그동안
돈을 낭비한 줄 여기셨지마는 기실은 돈을 이렇게 따로 모
아 두었습니다 하고 내 놀 것 같으면 필연 부친께서도 곧
이들으시고 노기가 풀리실 것이 아니겠소. 그런 후에 차차
기회를 타서 이번 일을 애소해서 허락을 받으신 연후에 데
려 가시는 게 좋을 것 같습니다."

"그동안은 어디다가 둬야 옳단 말씀이요?"

"만만한 데가 없으면 내 집에 계시도록 하면 형이 데려 가
시기까지 잘 보호해 드리리다."

단순한 이공자는 손부의 말이 고맙게 들리었다. 그리고
돈 천금을 내준다는 말에 감격하기 이를 데 없었다.

"말씀만 들어도 마음이 시원합니다. 그러나 한번 내 안사
람에게 의논을 해 볼 수밖에 없소이다. 아무리 우리가 마
음이 합한다고 해도 당자가 싫다면 그 역시 어려운 일이니
까."

"그렇고 여부가 있소. 하여튼 내가 돈 천금까지 드리겠다는 것을 보드라도 내가 공연히 남의 일을 훼방 놓자는 것이 아닌 것을 짐작하시겠죠."

"그게 무슨 말씀이요. 그렇게 말씀하시면 도리어 섭섭한 일이외다."

이공자는 돈 천금에 십분 마음이 움직이었다.

"자리옷을 갈아입으시고 누우시지 왜 그러고 앉으세요?"

늦게 돌아와서 주기가 가득한 채 자리 위에 덥석 앉아서 무슨 곡절인지 한숨을 치쉬었다 내리쉬었다 하는 이공자의 수상한 태도에 두십랑은 한동안 그의 눈치를 본 연후에 이렇게 권해 보는 것이었다. 이공자는 고개만을 끄덕 하고는 아무 말이 없다.

"왜 어디가 불편하세요?"

"아니?"

"그럼 왜 눕지 않으세요?"

"……"

"우리들은 부부가 아닙니까. 속에 무슨 근심되는 일이 있거든 말씀을 하세요."

이공자는 두십랑의 말에 잠시 그의 얼굴을 물끄러미 바라보더니

"이렇게 말하면 어찌 생각할는지 모르지만 우리가 이렇게 돌연히 고향으로 돌아가서 부친께 뵙는 게 암만해도 도리

에 합당치 않은 것 같소."

"그건 한두 번 생각한 것이 아닌데 딴 무슨 방법이 있단 말이요, 그러기에 내가 뭐라고 했어요. 아버님의 마음이 내키시기까지 여관을 잡고 있자고 하지 않았소."

"그야 마찬가지이지, 같이 가는 게 좋지 못하다는 것이 아닌가?"

"새삼스럽게 웬 변덕이신지는 모르겠지만 대관절 어쩌면 좋단 말이요?"

"내가 이 말을 왜 하느냐 하면 오늘 이 옆 배에 묵고 있는 손부라는 친구의 의견을 들어본즉 구절이 지당한 말일 뿐더러 돈 천량을 자기가 내줄테니 그걸 가지고 나 혼자 먼저 집으로 가서…"

하고 손부가 말한 전후 사리를 자세히 설명하는 것이었다. 그리고 끝으로

"나 역시 지금 부모의 노염을 풀지 않고는 내두사가 막막하니까."

하는 말을 하는 것이었다.

"그럼 돈 천량으로 잠시 동안 내 몸을 사자는 말이구려."

"사자는 것이 아니라 자기에게 맡기면 안심되지 않느냐는 말이지."

"그래 당신은 뭐라고 그랬소?"

"나는 그리 하자는 약속을 했지마는 하여튼 당신의 의견

을 들어 보겠다고 했지."

두십랑의 가슴은 끓는 물을 마신 것 같았다.

세상에 이러한 심약하고 열정 없고 이기주의인 사람이 또
어디 있으랴. 이러히 냉정한 사람을 내 어이하여 평생의
애인으로 삼으려고 하였던고.

돈 천금에 눈이 어두워 애인을 남에게 팔려는 비루하고도
심약한 이 남자를 어찌 평생의 애인으로 삼을 수 있으랴.

이것이 남자의 마음인가. 그러나 한편으로는 한심하기 이
를 데 없었다. 서울서 여러 동료와 작별할 때 그들은 나의
갱생更生을 축하하고 부러워하였는데 아아 생각할수록 이
세상이 싫어진다. 목숨을 내놓고 사랑을 바친 남자에게
서…… 믿고 믿었던 남자의 입에서 이 한심한 말을 들으니
그의 설움과 분과 염세의 비관은 컸다.

"그게 무엇이 그리 어려운 일요, 퍽 좋은 말이군요, 당신
은 돈 천금을 가지고 가게 되고 나는 잠시라도 부자 사람
에게 몸을 의탁하게 되니…"

그런데 돈은 정녕 내준답디까? 잘못하다가 허탕을 칠 수
도 있는데."

"아니 그대만 허락한다면 내일 아침에 돈을 주마고 하더
구먼."

"허락이고 아니 고가 어디 있소. 당신의 계집 당신이 파는
데…"

하고 두십랑은 한심한 웃음을 웃었다.

이튿날 아침 손부는 은자 천량을 이공자의 배로 듬뿍 옮겨 신고 자기 역시 새 옷을 갈아입고 이공자의 배로 건너와서 두십랑과 초대면의 인사를 하였다.

항상 입이 헤 벌어져 있었다.

"자아, 그럼 이배는 떠날테니, 우리 배로 가지요."

하고 손부는 재촉을 한다.

"평생을 모실는지도 모르는데 그렇게 급하실 게 무엇 있습니까? 잠간만 계십시오."

하더니 사공을 시키어 배에 탄 다른 손 전부를 불러 놓고 이공자와 만나게 된 전후사와 지금 손부가 돈 천량으로 자기 몸을 농락하여 가는 내력을 설파한 후에 앞에 놓은 상자의 뚜껑을 열고 그 속에 있는 조그마한 상자를 꺼내서 들고

"이것은 나의 동료들이 내가 죽을 고팽이를 치게 될 때에 열어 보라고 한 것이니까 지금 여러분이 계신 앞에서 열어 보겠습니다."

하고 그 뚜껑을 열어 젖히니 거기에는 싸고 싼 사금이 시가로 해서 사, 오천 냥 어치나 쏟아져 나오고 그 외에도 야광주 기타의 보물이 수천 냥 어치가 쏟아져 나왔다.

여러 선객들은 눈을 휘둥그렇게 뜨고 놀랐다.

"이런 보물을 가진 애인을 남에게 돈 천량에 팔다니…"
하고 이공자를 일제히 바라보았다. 두십랑은 눈물을 흘리며 이공자의 박정을 공격하고 손부의 비루한 행동을 극구 타매하며
"사랑보다 돈을 중히 여기는 사람을 평생 애인으로 삼았던 내가 불쌍한 계집이요."
하고 그 보물 상자를 가슴에 끼어 안고 일어서더니 여럿이 깜짝 놀라는 사이에 몸을 날려 창창한 강물에 빠져 버렸다.

사람들이 당황하여 사공을 시켜서 강물에 뛰어들게 하여 두십랑의 몸을 건지려 하였으나 그의 몸은 다시 강위에 솟지 않고 무심한 강물만이 용솟음을 치며 흘러갈 뿐이었다.

이 소문은 십 여일 후에 북경 화류계를 격분과 감격과 슬픔으로 뒤 흔들었다.

사람들의 흥분이 아직 사라지기 전에 또 하나 기괴한 소문이 돌았으니 그것은 두십랑의 영혼이 유우춘의 머리맡에 나타나서 북경을 떠날 때에 돌려준 일백 오십 냥에 대한 치사를 하고 보물 한 개를 놓고 갔는데 그 야광주 한개 값이 천금이 넘었다는 것이다.

그리고 고향으로 돌아간 이갑이는 집에 도착한 후 사흘이 넘지를 않아서 실신이 되어 입으로 두십랑의 이름을 연호하며 여기저기 떠돌아다니게 되었다는 것이었다.

마을을 구한 노파의 지혜

조선 중종 때, 어느 순찰사가 도내 대촌동 뒷산에 자신의 아버지 무덤을 쓰려고 했다. 그러자 600여명의 대촌동네 사람들의 불만은 이만저만이 아니었다. 그러나 순찰사의 권력이 무서워 함부로 말하는 사람들이 없었다. 그 대신 이들은 으슥한 장소로 모여서 의논했다.

"만약 순찰사가 이곳에 묘를 쓴다면 우리 대촌동은 반드시 재앙이 찾아올 것입니다. 여러 사람이 나서서 임금에게 직접 소를 제기하거나 관아에 호소문을 올리는 것이 어떻습니까?"

그때 이웃에서 술을 파는 노파가 웃으면서 말했다.

"사또로 하여금 시체를 묻지 못하게 하는 쉬운 방법이 있는데, 무엇이 근심하시오. 여기에 모여 있는 한사람 당 한 냥씩만 거두어 나를 준다면 마땅히 목숨을 걸고 처리하겠소."

"만약, 실패한다면 어떻게 하겠소?"

"그때는 나를 죽여도 원망하지 않겠소."

그래서 한 냥씩을 거두어 주었는데, 그 돈은 무려 수천 냥이나 되었다. 노파는 사람을 시켜 순찰사가 무덤을 옮기는 날을 미리 알아냈다. 노파는 그날 한 단지 술과 한 마리 닭을 안주로 만들어 길가에 앉아 기다렸다. 얼마 후 순찰사가 산으로 오르자 옆에서 합장하면서 이렇게 말했다.

"쇤네는 옛날에 죽은 지관 김유정의 처입니다. 사또께서 이곳에 무덤을 옮겨 장사를 지낸다는 말을 들었습니다. 그래서 간단히 술과 안주를 장만해 축하드리려고 왔습니다."

그러자 하인들이 노파의 접근을 막았다. 그때 순찰사는 지관의 처라는 말에 노파를 불러서 물었다.

"자네는 어떤 이유로 이곳을 명당이라고 생각하는가?"

"쇤네의 남편이 생전에 말하기를 이곳에 무덤을 쓰기만 하면 아들이 당대에 반드시 왕후王侯가 된다고 했습니다. 쇤네가 매일 이곳을 지나다녔지만 지금까지 어느 누구도 무덤을 쓰지 않았습니다. 지금 순찰사께서 이렇게 좋은 명당을 알아보시고 무덤을 쓰려고 하는데, 내 어찌 축하드리지 않을 수 있겠습니까? 더구나 쇤네에겐 늦둥이가 하나 있습니다. 엎드려 청하건대 후에 거두어주시기 부탁드립니다."

이 말을 들은 순찰사는 크게 놀라면서 하인들을 시켜 노파의 입을 막게 한 다음, 그곳에다가 무덤을 이장하지 않고 허겁지겁 되돌아갔다.

천민에서 양반이 된
유기장의 딸

　　　　　문과 교리 금재 이장곤李長坤을 미워한 연산군이 그를 체포하려고 하자, 그는 급히 함흥 쪽으로 도망쳤다. 긴장한 탓인지 길을 가다가 목이 말랐다. 그때 우물에서 물을 긷는 처녀를 보는 순간 무작정 달려가 청했다. 그녀는 바가지에 물을 뜬 다음 버들잎을 훑어 물위에 띄워주었다. 그는 그 까닭을 처녀에게 묻자 이렇게 대답했다.

"목이 마를 때 급히 물을 마시면 체합니다. 그래서 버들잎을 띄워 천천히 마시게 한 것입니다."

"그런 까닭이 있었군요. 그대는 뉘 집 규수입니까?"

"저는 저 건너에 있는 유기장이의 딸입니다."

고개를 끄덕인 이장곤은 그녀의 집으로 따라 들어갔다. 그는 곧바로 그녀에게 청혼한 다음 처가에 몸을 의탁했다. 이장곤은 서울에 살던 양반이었기 때문으로 버들그릇을 만드는 일을 못했다. 그 대신 매일 아침저녁으로 밥만 먹고 잠으로 하루일과를 때웠다. 그러자 그의 장인장모가 화를 내며 소리쳤다.

"사위를 맞은 것은 우리 일에 도움을 받기 위함인데, 어째서 자네는 아침저녁으로 밥만 축내고 잠만 자고 있는가!"

그 뒤로부터 장안장모는 아침저녁밥을 반만 주었다. 하지만 그의 착한 아내는 부모 몰래 누룽지를 긁어 지아비의 주린 배를 채워주었다. 이렇게 하기를 몇 해가 지나고 나라에는 중종반정이 일어나 연산군이 물러났다. 그때 나라에서는 이장곤을 옛 벼슬로 복직시킨 다음, 팔도에 명을 내려 찾았다. 이 소문을 들은 이장곤은 관가에 바치는 버들그릇을 자신이 바치겠다고 말하자 장인이 쏘아붙였다.

"자네 같은 백수가 아무것도 모르면서 관가출입을 하겠다고? 내가 바쳐도 합격되지 못했는데, 꿈도 꾸지 말게나."

그러자 그의 아내가 남편을 편들면서 간청했다.

"아버님, 한번 보내 보시는 것도 괜찮을 것 같은데요?"

딸의 말을 들은 장인은 포기한 듯 허락했다. 이장곤은 버들그릇을 지게에 지고 관가로 들어가 목청을 높여 외쳤다.

"사위 이장곤이 유기장을 상납하러 왔습니다."

사또는 옛날부터 이장곤과 친분이 두터운 사이였는데, 그의 얼굴을 보는 순간 놀라면서 섬돌을 내려와 손을 잡고 자리로 올랐다. 그런 다음 사또가 물었다.

"공은 지금까지 어디서 은거했다가 이제야 나타난 것이오. 조정에서 공을 찾은 지가 벌써 오래 되었습니다."

곧바로 사또는 술상과 의관을 갖춰 바치자 이장곤이 말했다.

"부덕한 내가 지금까지 유기장의 집에 몸을 의탁해 생명을 연장했다네."

사또는 급히 순영에 보고한 다음 곧바로 역마를 준비해 서울로 떠나보내려고 하자, 그가 말했다.

"유기장 집에서 3년 동안 주객으로 있었기 때문에 정조를 돌보지 않을 수가 없네. 더구나 나에게 조강지처가 있는데, 집으로 가서 하직하고 떠나겠네. 사또는 내일 아침에 나를 찾아와 주게나."

집으로 돌아온 이장곤은 장인에게 버들그릇을 모두 상납했다고 고하자, 이상하게 생각하면서 딸에게 말했다.

"그것 참, 이상도 하네. 옛말에 '부엉이가 천 년을 묵으면 꿩을 잡는다'고 했는데, 이것이 헛된 말이 아니구나. 얘야, 오늘 저녁밥은 특별히 한 숟갈만 더 주어라."

이튿날 아침 일찍 일어난 이장곤이 뜰을 깨끗이 쓸자, 장인이 이를 보고 빈정댔다. 하지만 이장곤은 아랑곳 하지 않고 뜰에 짚으로 자리처럼 펼쳐놓았다. 그러자 장인이 물었다.

"무엇하려고 짚을 깔아놓는가."

"네, 오늘 관가의 행차가 있을 것입니다."

"무슨 잠꼬대 같은 소린가? 관가나리가 어째서 보잘 것 없는 우리 집에 오겠는가? 이제 보니 어제 버들그릇도 분명 한길에다 버리고 나에게 거짓말 했는지도 모르겠구나.”

장인의 말이 끝나기도 전에 아전이 채석을 가지고 뛰어와 방 가운데에 깔고 말했다.

“관사님, 행차가 조금 있으면 도착할 것입니다.”

이 말을 들은 유기장 부부는 깜짝 놀라면서 울타리 사이로 몸을 숨겼다. 얼마 후 행차가 문밖에 도착하고 사또가 들어와 이장곤에게 인사를 올린 다음에 물었다.

“형수씨는 어디에 계신지요. 상견례를 청합니다.”

이에 이장곤은 아내를 불러 절을 하게 했다. 그녀의 의상이 비록 남루하지만 정숙하고 의젓했다. 사또가 그의 부인에게 말했다.

“이학사가 궁지에 빠졌을 때 형수씨의 도움으로 이곳에서 무사히 지냈습니다. 그것은 남자라도 하지 못했을 것입니다.”

그리고 유기장 부부에게 술을 내리고 인사를 했다. 이후 이웃고을 수령들이 인사차 왔고, 감사도 사람을 보내 안부를 물었다. 하루아침에 유기장 집 문밖에는 사람들이 인산인해를 이뤘다. 이장곤은 사또에게 이렇게 말했다.

“내 아내가 비록 천민이지만 나와 부부의 인연을 맺은 이상 버릴 수가 없다오. 아내와 함께 서울에 갈 것이니 그대는 교자 하나를 준비해주시오.”

이장곤은 서울 대궐에 도착해 임금을 알현하자, 임금은

그동안의 생활을 물었다. 그래서 그동안 자신이 겪은 모든 일을 상세하게 아뢨다. 이에 임금은 두서너 번을 감탄하면서 이렇게 말했다.

"아~아! 이런 여인은 천첩으로 어찌 대우할 수 있겠는가. 그대의 부인을 후부인으로 봉하겠노라!"

이렇게 해서 한갓 천민에서 지체가 높은 양반댁 후부인으로 신분이 바뀌면서 한평생을 행복하게 살았다.

부인의 지혜로 벼락부자가 된 가난한 선비

어떤 선비가 살았는데, 외롭고 집안조차 가난해 스무 살에 겨우 영남으로 장가갔다. 그 대신 그의 아내는 절세미인이고 재주가 비상해서 일 년 동안 생활을 그녀에게 의지했다.

같은 해 늦은 세밑에 아내가 고향에 다녀오자고 청했다. 그러자 선비가 허락하면서 말 한 필을 얻어서 부인을 태우고 자신은 걸어갔다. 오륙일 동안 가던 어느 날, 저녁때가 되어 주막에 이르러 하룻밤을 묵게 되었다.

밤이 되자 문밖에서 사람들의 지껄이는 소리와 말울음소리가 들려와 이에 놀란 선비는 일어나 등불을 켜고 똑바로 앉았다. 이때 한사람이 많은 부하들을 데리고 선비가 있는 방으로 들어왔다. 그러자 선비가 그들을 맞이했는데, 그 사람이 나이가 삼십에 극히 준걸스럽고 거룩했다. 또한 품격과 거동이 출중했고, 남천익을 입고 모양이 마치 포도대장과 비슷했다. 그밖에 부하들의 수가 얼마인지 알지 못했으며 그와 인사를 끝낸 선비가 물었다.

"그대는 누구이며 나와 전혀 면식도 없는데 깊은 밤중에

가난한 선비의 방을 왜 찾아오셨나?"

"나는 산중에 은거하는 사람으로 수하에 부하만 천만이 넘고, 부귀 또한 방백을 부러워하지 않습니다. 하지만 나이 삼십에 아직까지 장가를 들지 못한 것뿐입니다. 더구나 시골여인과 결혼할 수가 없습니다. 지금 선비께서는 부인과 함께 고향으로 돌아가고 있습니다. 그런데 부인이 아름답고 현숙하기가 세상에서 으뜸이란 말을 들었습니다. 저의 청이 무례한 것인 줄 알지만, 선비는 서울분이고 아내 또한 구하기가 쉬울 것입니다. 내가 선비를 찾아온 것은 부인을 구해 산중에서 내조를 삼고자 합니다. 부인을 오천 금과 바꾸지 않겠습니까?"

"지금 무슨 말을 하는 것이오? 이 세상에 어찌 남의 부인을 빼앗는 자가 있단 말이오? 그리고 어찌 처를 돈으로 바꿀 수 있단 말이오!"

"선비는 생각이 왜 그렇게 모자랍니까? 내가 예의를 모르고 말한 것이 아닙니다. 내가 이곳에 올 때 이미 말을 했는데, 지금 중단할 수가 없습니다. 선비께서 내 말처럼 돈으로 부인을 다시 구하면 아무 탈 없이 몸을 보존해서 돌아갈 수 있소이다. 만약 내 말을 거역한다면 선비는 혼자이고, 나는 많은 부하가 있기 때문에 겁탈하고 돌아가겠소. 그러면 선비께서는 낭패와 함께 오천 금까지 잃어버릴 것입니다. 잘 생각하시기 바라오."

이에 놀란 선비가 눈물을 흘릴 때 갑자기 부인이 부르는 소리가 들려왔다. 이에 선비가 부인에게 들어가자, 그 사람은 벽에 귀를 대고 그들의 말을 엿들었다. 그때 선비의 부인이 이렇게 말했다.

"이것은 큰 변이기 때문에 입으로 싸울 일이 아니고 더구나 힘으로도 항거할 수가 없습니다. 그는 큰 도적의 두목으로써 협박한 것인데, 어찌 그를 꺾을 수가 있겠습니까! 지금 생각해보면 소첩이 낭군 집으로 들어간 후에 기한을 지키지 못했고, 자녀까지 없습니다. 그래서 저 사람에게 몸을 허락하면 소첩도 평생 동안 부귀를 누리고, 낭군 역시 오천 금으로 다시 처를 얻어 밭과 집을 장만해 부자로 살 것입니다. 이것은 낭군과 소첩 모두 좋은 일이 아니겠습니까? 지금은 벗어날 길이 없기 때문에 허락하고 귀하신 몸을 상하지 말게 하세요."

이렇게 말한 부인의 흐느끼는 소리가 구슬프게 들렸고, 선비가 부인의 손을 꼭잡으며 통곡하면서 이렇게 말했다.

"이보게, 내 비록 죽을지언정 그대와 생이별을 하지 않겠소."

"대장부가 어찌 그렇게 속이 좁습니까? 소첩 또한 즐거운 일이 아닙니다. 속히 나가도록 허락해주세요."

선비는 슬프고 분한 마음을 어찌할 수가 없어서 밖으로 나오자 그가 웃으며 말했다.

"두 사람의 애기를 들었는데 과연 훌륭한 부인이구나. 그
렇지만 한때의 정으로 어찌 큰 화를 당하려고 하는가?"

두목의 말에 선비가 맥없이 있자, 선비의 부인이 종들을
불러 말했다.

"장군을 따라가겠다. 얼굴단장에 머리를 빗고 새 옷으로
갈아입을 동안 너희들은 때를 맞춰 교자와 하인들을 준비
시켜 기다리게 하여라."

이에 두목은 크게 기뻐하면서 행구를 대령하고 오천 금돈
을 선비가 있는 방으로 들여보냈다. 하지만 선비는 넋이
나간 채 마냥 앉아만 있었다. 두어 식경이 지난 다음 선비
의 부인이 교자를 타고 나오자, 여러 도적이 교자를 호위
했다. 그 두목은 크게 기뻐하면서 선비를 사별시키고 사라
졌다.

선비가 울면서 안방으로 들어왔는데, 부인은 전처럼 단정
하게 앉아 미소를 짓고 있었다. 선비는 죽은 사람을 만난
것처럼 반갑고 한편으로 놀라면서 물었다.

"부인, 이게 어찌된 일이오?"

"제 옆에 앉으셔서 저의 말씀을 차근차근 들어보세요. 도
적이 깊은 밤에 부하를 데리고 나타나 절 겁탈하고 돌아가
면 우리는 무슨 수로 면하겠습니까? 절 오천 금과 바꾸자
고 한 것은 선심이었습니다. 만약 허락하지 않는다면 겁탈
을 면치 못할 뿐만 아니라, 낭군의 신체도 상할 수가 있었

습니다. 소첩이 낭군에게 모질게 말한 것은 도적들의 마음을 놓게 하기 위함이었습니다. 지금 두목을 따라간 여인은 제 몸종으로 얼굴이 미인이고 나이 또한 소첩과 비슷해 급히 꾸며서 보낸 것입니다. 도적은 그 아이를 나로 알고서 기뻐할 것이고, 몸종 역시 부귀를 얻을 것입니다. 지금 낭군께서는 처를 잃지 않고 또한 많은 재물까지 얻었습니다."

"부인의 지혜는 내가 만분의 일도 따라갈 수가 없구려. 난 지금 생시인지 꿈인지 모르겠소."

"소첩을 너무 칭찬하지 마세요. 일이 어찌할 수 없게 되어 부득불 작은 계책을 베푼 것뿐입니다."

벼락부자가 된 부부는 시골로 내려가 밭과 집을 샀고, 후에는 벼슬까지 높아져서 한평생 행복하게 살았다.

죽음을 구한 간통사건

어떤 선비가 먼 시골을 떠나기 전 이웃에 살고 있는 이름난 맹인 점쟁이를 찾아갔다.

"여보게, 내가 먼 시골로 길을 떠나는데, 무사히 다녀올 수가 있겠는가?"

선비의 부탁으로 맹인은 점을 친 다음 이런 점괘를 내놓았다.

"길을 떠난 사흘째 대낮에 틀림없이 횡사하기 때문에 자기 않는 것이 좋습니다."

"횡사할 줄 아는데 왜 길을 떠나겠는가. 하지만 볼일이 매우 중요한 것이라, 피해갈 수 있는 방법이 없겠는가?"

선비의 간곡한 부탁에 맹인이 다시 점을 친 다음, 반 식경을 생각한 끝에 이렇게 말했다.

"딱 한번, 액을 피하고 무사히 돌아올 방법이 있습니다. 스스로 대책과 방법을 꾀한다면 길을 떠나가도 괜찮을 것입니다."

"그래? 그렇다면 어떻게 하면 되는지 차근차근 얘기를 해봐라."

"길을 떠나 사흘째 되는 날, 해가 막 밝아올 무렵에 길을 걷다가 처음 만나는 여자와 반드시 간통해야만 무사할 수 있습니다."

점쟁이의 말을 새겨들은 선비는 안심하고 길을 떠났다. 점쟁이의 말에 따라 삼일 째 되는 날 새벽에 일어나 30리 길을 걸어갔다. 그때 어떤 여자상주가 길옆 우물가에서 빨래를 하고 있었다. 선비는 얼른 말에서 내려 길옆에 앉았다. 얼마 후 여자가 돌아가자, 선비는 자신의 종에게 말했다.

"너는 말을 끌고 먼저 주막으로 가서 쉬고 있어라. 난 잠시 볼일을 보고 저녁이나 내일 아침에 가겠다."

그런 다음 선비는 여자를 따라갔는데, 얼마 후 여자가 초가로 들어가 버렸다. 그러자 선비는 초옥으로 들어가 방문을 열었다. 방 안에는 여자 외에 한사람도 없었고 그저 쓸쓸하기만 했다. 이때 여자가 뒤돌아보면서 선비에게 물었다.

"무슨 연유로 저를 따라오셨는지요?"

그때 선비가 무릎을 꿇고 애걸했다.

"내게 근심이 있어서 그러는데, 외람되지만 그대가 내 청을 들어주셨으면 합니다."

"어떤 사연이 있어서 그러십니까?"

"내가 천릿길을 떠날 때 길흉은 점쳤습니다. 그런데 점괘

에 사흘째 되는 오늘, 길에서 처음 만나는 여인과 반드시 간통해야만 횡사를 면할 수 있다고 했습니다. 오늘 처음 만난 여인이 바로 그대랍니다. 바라건대 장차 횡사할 저의 생명을 살려주시기 바랍니다."

이에 여인은 아무 말 없이 생각하다가 잠시 후에 입을 열었다.

"내가 상놈의 딸이지만, 지금까지 난잡한 행동이 전혀 없었습니다. 그대의 말을 듣자니, 결코 색을 밝혀서가 아닌 것 같습니다. 지금 남편이 멀리 출타해 첩이 혼자 있고, 더구나 한사람의 목숨을 구한다는 것이 좋은 일로 생각합니다. 하지만 대낮에 몸을 허락함이 부끄러워, 기다리다가 밤에 하는 것이 좋겠습니다."

여자의 말에 선비가 기뻐하면서 기다렸다가 밤이 되었다. 곧바로 선비가 여인과 간통한 다음, 새벽에 일어나 작별하면서 열 냥의 돈을 주자 받지 않고 말했다.

"소첩이 몸을 허락한 것은 사람의 목숨을 살리려고 한 행동입니다. 그런데 돈을 받는 것은 당치도 않습니다. 지금 돌아가시면 두 번 다시 소첩을 찾지 마십시오."

선비는 그녀와 이별한 다음 몸종이 묵고 있는 주막으로 갔다. 이때 몸종이 황당한 표정으로 말했다.

"나리, 어제 말을 끌고 주막을 향해 십여 리를 오다가 돌다리에 도착했습니다. 그때 갑자기 돌다리가 무너지면서 말이 바위와 돌 사이에 끼어 허리가 부러져 죽었습니다.
그래서 소인이 죽은 말을 가까운 마을에서 팔았습니다."
 그러자 선비는 무릎을 치면서 점쟁이의 용함에 탄복했다.
그날 선비가 여자와의 간통으로 시간을 지체하지 않았다
면 말 대신 자신이 죽었을 것이다. 선비는 일을 마치고 무
사히 고향으로 돌아갔다.

뛰는 놈 위에 나는 놈

　　서평西平 한준겸韓浚謙은 기묘년에 치른 사마시司馬試에서 장원급제로 이름이 알려진 인물이다. 어느 날 하의荷衣 홍유洪油를 만나기 위해 동호 독서당을 찾아갔다. 하지만 하의는 이미 잠자리에 들었고, 학사 신광필申光弼만 혼자 있어서 인사했다. 그러자 신광필이 물었다.

"어떻게 이곳에 왔는가?"

"소생은 시골태생인데 무인으로 금위에 근무하고 있습니다. 친구를 찾아 이곳을 왔다가 높으신 어른을 이렇게 만나 뵙게 되었습니다."

"마침 잘 됐네. 오늘밤 경치가 매우 아름다운데 우리 풍월이나 논하세. 어서 운을 불러보게나."

"죄송합니다만, 풍월이 무엇인줄도 모릅니다."

"사물에서 흥취를 느껴 풍경을 묘사하는 것이 풍월이고, 글자를 불러서 글귀 끝에다가 붙이는 것을 운이라고 하네."

"그렇습니까? 본인은 일찍부터 공부보다 활쏘기를 익혔

습니다. 그래서 글자를 모릅니다.”

라면서 끝까지 거듭 사양하자, 신광필이 졸랐다.

“그러지 마시고, 그대가 아는 글자만 부르게나.”

이에 한준겸은 할 수 없다는 표정을 지으면서 말했다.

“저는 무인이기 때문에 짧은 지식 안에서 운자를 삼겠습니다.”

이렇게 말하고는 입을 열었다.

“향각궁鄕角弓 또는 흑각궁黑角弓의 궁자가 어떻겠습니까?”

“좋네.”

라고 대답하고는 곧바로 ‘천리 이 강산을 피리 한소리에 보내니 의심이 커구나. 이내 몸이 그림 속에 있는 듯 하여 두 구를 마쳤다~’ 라며 읊었다.

이 소리에 하의가 잠에서 깨어나 한준겸을 보자, 기뻐서 두 손을 잡고 물었다.

“이 사람아, 지금 어디서 오는 길인가?”

라고 반기자 신공필이 하의에게 먼저 말했다.

“아! 한내금이 부르는 운자가 매우 기특합니다.”

이 말을 들은 하의는 껄걸 웃으면서 대답했다.

“광필, 자네가 속았어. 하하하. 이 사람은 내 처남인 한준겸일세.”

이에 신광필은 크게 놀라는 한편으로 그에게 속은 것이 부끄러워 고개를 들지 못했다.

총각 나무꾼과 진기한 그림

　　아주 먼 옛날 백두산 기슭에 총각 나무꾼이 살고 있었다. 그는 매일 백두산으로 올라가 나무를 해서 내다팔아 홀어머니를 봉양했다.

　동지섣달 추운 겨울 어느 날, 총각이 백두산에서 나무를 하고 있는데, 어디선가 희미하게 앓는 소리가 귀를 때렸다. 그것은 사람이 아파서 내는 신음소리와 같았다. 아무도 없는 산중이라 이상하게 생각한 그는 소리 나는 곳을 찾아갔다. 예전에 보지 못했던 움막 한 채가 있었고, 앓는 소리는 그곳에서 흘러나왔다. 호기심이 발동한 총각은 움막으로 들어갔는데, 방안에는 머리가 하얗게 쉰 노인이 끙끙 앓으면서 누워 있었다.

　노인은 금방이라도 숨이 넘어갈 듯 가래소리가 요란했다. 그러자 총각은 노인을 흔들어 깨웠지만 정신이 혼미한 상태였다. 그는 자신이 해온 나무로 불을 지펴 방을 따뜻하게 데운 다음, 소나무 껍질을 벗겨 죽을 쑤어 먹였다. 얼마 후 정신을 차린 노인은 기운이 없어 말은 못하고 그저 눈물만 흘렸다. 그 다음날부터 총각은 매일 움막을 찾아와

노인을 정성껏 보살폈다. 그러던 며칠 뒤, 맑은 정신으로
돌아온 노인은 총각 손을 붙잡고 말했다.

"고맙네, 젊은이. 산중에서 갑자기 병을 얻어 죽는 줄 알
았는데, 그대 덕분에 다시 살아났네."

그러면서 지필묵을 꺼내 그림 한 폭을 그려 총각에게 고마
움의 표시로 선물했다. 그림은 푸른 소나무에 흰 두루미가
한 마리 앉아 있고, 바위 밑에는 맑은 샘물이 솟아나는 내
용이었다.

"이보게, 가진 것이라고는 그림 그리는 재주뿐이라네. 사
양하지 말고 받아두게."

총각은 그림 한 폭을 얻어 집으로 돌아왔다. 이튿날 아침
그는 그림을 품에 넣고 또다시 산으로 나무하러 올라갔다.
그런데 어찌 된 일인지 어제까지 이곳에 있었던 움막이 흔
적도 없이 사라졌다. 그는 이상하다고 생각하고는 이내 나
무하는데 집중했다. 얼마 후 나무를 한 짐 해서 지게에 지
고 산을 내려오던 중 목이 몹시 말랐다. 하지만 산중이라
샘물이 없어서 지게를 내려놓고 잠시 앉아 쉬었다. 이때
품안에 넣어둔 그림이 생각나서 꺼내 보았다.

총각은 그림 속의 경치에 빠져 넋 놓고 감상하다가, 문득
그림으로 그려진 맑은 물이 시원해보여 손으로 한번 쓰다
듬었다. 그러자 그림 속의 소나무에 앉아 있던 학이 날갯
짓 하면서 맑은 물이 흘렀다. 총각은 목이 마른 터여서 손

으로 물을 받아 마셨는데, 물이 아니라 술이었다. 그 술은 향기가 그윽하고 한 모금 마시는 순간 정신이 맑아지면서 온몸에 기운이 솟았다.

총각에게 그림을 선사한 노인은 백두산의 신선이었고, 더구나 술은 불로장생한다는 신선주神仙酒였다. 총각은 너무나 큰 보물을 얻었다는 생각에 몹시 기뻤다. 곧장 집으로 돌아온 총각은 그림에서 나오는 술로 어머니를 잘 봉양하고, 이웃사람들이 원하면 언제든지 그 술을 줬다. 병 있는 사람이 술을 마시면 치료가 되면서 기운이 솟아났다. 이런 소문이 삽시간에 전국으로 퍼져나가면서 사람들이 몰려와 총각은 부자가 되었다. 그러나 이 그림을 탐낸 원님이 사람을 시켜 총각을 관아로 불러서 물었다.

"너에게 신기한 그림이 있다는 것이 사실이더냐? 그것이 사실이라면 당연하게 관아에 바쳐야하지 않겠느냐?"

그렇지만 총각은 그렇게 할 수 없다고 거절했다. 그래서 화가 난 원님은 계략을 꾸미면서 총각을 잡아들였다.

"네 이놈! 너는 요사스러운 물건으로 백성들을 현혹시켜 돈을 벌었다. 네 술을 먹고 병이 난 증인들이 여기에 있다. 어서 이실 직고 하지 못하겠느냐!"

원님의 계략에 꼼짝없이 걸려던 총각은 어쩔 수 없이 옥에 갇히고 그림까지 빼앗기고 말았다. 그 순간 어떤 백발 노인이 하늘에서 관아로 내려왔다.

"원님이란 자가 어찌 이리도 음흉하단 말인가? 이래서 백성들은 너희들이 미워 산속으로 들어가 은거하지 않느냐!"
백발노인은 원님을 크게 꾸짖고는 그가 들고 있던 그림을 낚아채 소나무 위에 앉은 학을 한 번 문질렀다. 그러자 갑자기 학이 날갯짓을 하면서 그림에서 뛰어 나왔다. 그런 다음 백발노인은 총각과 함께 학을 타고 구름 속으로 사라졌다. 지금도 백두산 기슭에서 학을 탄 사람이 가끔 구름 사이를 오가는 것을 봤다는 사람들이 있다.

여우 파하려다가 호랑이를 만난 기생

경주慶州에 열여섯 살 먹은 어린기생이 살고 있었다. 그녀는 꽃다운 얼굴과 달 같은 자태로 화류계에서 꽤나 이름을 떨치고 있었다. 어느 날 사또의 책방으로 온 총각이 그녀와 사랑을 나눴다.

그러던 중 아버지가 돌아갈 때, 그 총각 역시 아버지를 따라가게 되었다. 그러자 총각과 기생은 서로 헤어지기가 싫었다. 먼저 기생이 명주적삼을 벗어 주면서 정을 표했고, 총각 역시 붉은 중의를 벗어 주면서 작별을 했다. 총각은 길을 떠났고 기생은 눈물을 흘리면서 산길을 택해 집으로 돌아오다가 해가 기울고 말았다. 그래서 어떤 산사에 이르렀을 때 스스로 생각했다.

"여자의 몸으로 절간에 들어간다는 것이 어렵겠구나."

이렇게 생각한 다음 총각과 헤어지면서 받았던 옷으로 갈아입고 동자승으로 변장해 절로 들어갔다. 그러자 여러 중이 그녀를 보고는 농을 했다.

"여자처럼 예쁘기도 하네. 그래 동자승은 어디에서 왔는가?"

이렇게 말하면서 방으로 데려고 갔다. 밤이 되면서 여러 중들이 물었다.

"동자는 산승들이 항문섹스를 좋아하는 줄 몰랐겠지? 오늘은 어떤 스님과 함께 자려고 하는가?"

이 말을 들은 그녀는 몸을 지키기 위해 생각하면서 중얼거렸다.

'저 늙은 중은 이미 기력을 쇠진했을 것이다. 그래서 나를 반드시 범하지 못할 것이야.'

이런 생각에 미소를 띠면서 입을 열었다.

"저 선사를 모시고 자렵니다."

그때 여러 중들이 서로 쳐다보면서 놀란 표정을 지었다. 드디어 밤이 깊어지자, 늙은 중이 그녀를 껴안고 장난을 시작했다. 그러자 어린기생은 늙은 중의 정력이 대단하다는 것을 알고 정욕이 북받쳐 응하고 말았다. 늙은 중은 환음이 극에 도달하자 자신도 모르게 기생의 귀를 물어뜯어서 귀가 잘려나가고 말았다. 이에 기생은 자신이 너무 부끄러워 얼굴을 가리고 도망쳤는데, 이 일로 인해 기생은 대손大損으로 불렸다.

내가 뀐 방귀도 네 방귀

　　전라도 고부에 경상사景上舍가 과년한 딸을 두었는데, 같은 마을 임씨 집 아들을 사위로 맞아들이게 되었다. 첫날밤 신랑은 재수 없게 아랫배에 종기가 생겨 삼일동안 정사의 재미도 못 본 채 집으로 돌아갔다. 그날 저녁 경씨가 딸을 불러 물었다.

"애야, 임서방과의 첫날밤이 어떠했느냐?"

　하지만 경씨의 물음에 딸은 아무런 대답도 하지 않고 울기만 했다. 이를 이상하게 생각한 경씨는 더 묻지 않고 그 동생을 시켜 물어보게 했다. 그러자 그녀는 통곡하면서 말했다.

　"아버님과 어머님이 날 망쳐났어. 신랑은 사내구실도 못하는 병신이란 말이야. 흑흑흑."

　이 말을 들은 경씨 부부가 크게 놀라면서 급하게 편지를 써서 바깥사돈 임씨에게 보냈다.

　"사돈, 장가든 사흘 동안 신랑은 사내구실을 못해 외손자 보기가 틀렸습니다. 얼마나 원통하고 애통합니까?"

　이 편지를 받은 사돈 임씨가 답장을 보내왔다.

"사돈, 첫날밤을 어떻게 보았기에 그런 말씀을 하십니까? 얼마 전 아들이 돌다리 밑에서 고기를 잡을 때 얼핏 보았는데, 왼손으로 가리면 오른쪽이 남고, 오른손으로 가리면 왼쪽이 남았습니다. 또한 이웃집 김호군金護軍의 계집종과 작첩해 두 남매를 낳아서 잘 기르고 있습니다. 내 아들을 의심한다는 것은 당치도 않습니다. 오직 손이 있는 방향으로 출행했기 때문에 그런 것입니다. 내 마땅히 크게 꾸짖겠습니다. 안심하십시오."

답장을 읽은 경씨가 안심한 다음 아내에게 전했다. 하지만 그의 아내는 이렇게 말했다.

"영감, 분명히 그런 게 아닐 것입니다. 편지에 그렇게 적었지만 아무런 증거가 없는데, 어떻게 믿을 수가 있겠습니까? 바깥사돈은 아들을 위해 거짓말하는 것이 분명합니다."

아내의 말을 들은 경씨도 그럴싸하다는 생각이 들었다. 이들 부부가 수심에 잠겨있을 때, 날라리 맏사위 우서방이 찾아왔다. 그가 장인과 장모를 뵌 후 물었다.

"두 분의 얼굴빛이 좋지 않습니다. 혹 무슨 근심이라도 있으면 저에게 까닭을 말씀해주십시오."

그러자 장인이 힘없이 눈을 내리깔면서 말했다.

"자네는 내 사위로 들어온 지가 꽤 오래되었지? 사위는 백년손님이라 말하겠네. 글쎄 새신랑이 장가온 지 사흘 동안

사내구실을 못했으니 큰일 아닌가."

우서방은 갑자기 눈을 부릅뜨고 팔뚝을 걷어 올리면서 씩씩거렸다,

"동서 놈에게 물어서 알아보겠습니다."

며칠 후, 우서방은 새신랑 임서방이 처가에 온다는 말을 들었다. 그는 대문 뒤에 숨어 있다가 임서방이 들어오는 순간 때려눕혔다. 그리고는 임서방의 양물을 만졌는데, 엄청나게 컸다. 그러면서 장인장모를 큰소리로 불렀다.

"장인장모님! 신부는 대복을 받았습니다. 임서방의 양물은 길고도 큽니다!"

그러면서 팔뚝을 들어 흔들며 흉내를 냈다. 경씨 부부는 어느 정도 마음이 놓였지만, 행위를 직접 보지 않고는 믿을 수가 없었다. 그날 밤, 경씨는 신방에 신랑신부를 들여보내고 자신은 집 뒤로 돌아가 뒷문 창에 침을 발라 뚫은 구멍으로 엿보았다. 첫날밤과는 달리 임서방의 종기가 이미 나았고, 아버지로부터 꾸중까지 들었기 때문에 방사가 강했고 딸은 무아지경에 빠졌다. 이를 본 경씨는 허겁지겁 안방으로 들어와 부인에게 말했다.

"마누라. 임서방이 일을 하고 있어, 대단한 사위야! 얼른 시렁 위의 설기를 내려서 홍시를 갖다 주구려."

경씨의 말에 부인은 계집종을 불러 꿇게 한 다음 등에 올라가 설기를 내리려고 했다. 이때 설기가 무거워 부들부들

떨면서 설기를 드는 순간 '뽀~옹' 하는 방귀소리가 들렸다. 그러자 경씨 부인은 설기를 내린 다음 느닷없이 계집종의 뺨을 갈겼다. 그러자 경씨가 이를 말리면서 말했다.

"임자, 참으시게. 일이 급해서 그렇게 되었는데, 그 애를 탓할 수는 없지 않소. 옛 속담에 신부가 첫날밤에 방귀를 뀌면 복이 들어온다고 했소. 어찌 계집종의 방귀를 나쁘다고 하겠소."

"영감, 사실은 종년의 방귀가 아니라 저의 뀐 방귀였소."

라며 손뼉을 치면서 좋아했다. 자신의 창피를 숨기려고 애꿎은 계집종만 족쳤던 것이다.

꿩 먹고 알 먹은 소금장수의 행운

　　　　　어떤 산골 초가집에 생원부부가 살고 있었다. 어느 날 저녁때 한 소금장수가 찾아와 하룻밤 묵기를 청했다. 그러자 생원은 이렇게 말했다.

"우리 집은 마구간 같고 방 또한 좁기 때문에 도저히 묵게 해줄 수가 없다오."

라면서 거절했지만, 소금장수는 쉽게 물러서지 않았다.

"저 역시 없는 사람인지라 소금을 팔아 근근이 살아가고 있습니다. 우연히 이곳을 지나가다 해가 지는 바람에 인가를 찾아 하룻밤 청하고 있는데, 밖의 호랑이보다 사람의 인정이 더 무서운 것 같습니다."

그 말을 찔린 생원은 결국 하룻밤을 허락하고 말았다. 생원이 밥을 먹은 다음에 자신의 부인을 불러 말했다.

"요즘 내가 송기떡이 몹시 먹고 싶구려. 오늘 밤에 송기떡을 만들어 당신과 함께 먹는 것이 좋겠소."

"당신도, 사랑에 손님을 놔두고 어찌 몰래 먹을 수가 있습니까?"

"그건 그다지 어려운 것이 아니라오. 끈으로 내 불알을 묶은 다음 그 끈을 창문 밖으로 내어놓을 것이오. 떡이 다 익으면 몰래 끈을 쥐고 당기면 내가 깨어 들어와서 조용히 함께 먹을 수 있지 않겠소?"

생원의 말에 부인은 그러자고 약속했다. 이집 안팎은 창문을 사이에 두고 있기 때문에 부부의 말을 소금장수가 엿들을 수 있었다. 생원이 부인 방에서 나오자 소금장수는 얼른 자리에 누워 자는척하면서 그를 지켜봤다. 생원은 소금장수가 자고 있다고 생각해 노끈으로 자신의 불알을 맨 다음 그 끝을 창문 너머로 내놓았다. 그리고 곧바로 잠이 들면서 심하게 코를 골기 시작했다. 그러자 소금장수가 조용히 일어나 생원의 불알에 맨 노끈을 풀어서 자신의 불알에 매어놓고 누웠다. 얼마 후 창밖에서 노끈을 몇 번 흔들었기 때문에 소금장수가 일어나 안으로 들어가 문 앞에 서서 속삭였다.

"여보, 불빛이 창에 비쳐서 소금장수가 깨어나 엿볼지도 모르니 불을 꺼주시오."

"그럼, 어두워서 어떻게 떡을 먹습니까?"

"아무리 어두워도 손과 입이 있는데 무슨 걱정이요."

이 말에 생원의 부인은 불을 껐다. 그러자 소금장수는 생원의 처와 함께 송기떡을 배불리 먹고 생원의 처를 껴안고 실컷 재미를 보고 슬그머니 방을 나왔다. 바깥으로 나온 소금장수는 곰곰이 생각하다가 탄로 날 것이 두려워 떠날

준비를 한 다음 생원을 깨웠다.

"주인장! 벌써 닭이 울었는데 지금 떠나야겠습니다. 주인장의 배려로 하룻밤 잘 쉬고 떠납니다."

이 말과 함께 소금장수는 급히 떠났고, 잠에서 깬 생원은 닭이 울도록 아무 소식이 없음을 이상하게 여겼다. 그래서 자신의 불알을 만졌는데, 어찌된 일인지 끈이 풀어져 없어졌다. 별의별 생각을 한 다음 일어나 안으로 들어갔다. 그때까지 자신의 부인은 세상모르게 자고 있었다. 생원은 소금장수도 떠났고 이제는 안심하고 떡을 먹을 수 있다고 생각해 부인을 깨웠다.

"부인! 밤새 기다렸는데 떡은 어쩌고 잠만 자고 있소."

처는 실눈을 뜨면서 빙그레 웃으며 말했다.

"무슨 말씀이세요? 새벽에 떡도 먹고 그것도 했는데 또 하려고요?"

"뭐?"

"그렇다면 그 사람은 당신이 아니라 귀신이란 말입니까?"

그러자 생원은 부인을 더더욱 의심했다.

"그럼 당신이 떡을 해놓고 끈을 당겼소?"

"그럼요, 노끈을 당기자 당신이 바로 들어왔지요."

이렇게 대답했지만, 처 역시 자꾸 이상한 생각이 들었다. 이때 생원은 무릎을 치면서 노했다.

"그놈이야! 소금장수란 놈이 한 짓이야! 그놈이 내 마누라와 떡을 훔쳐 먹은 것이로구나!"

생원은 당황한 나머지 어찌할 수가 없었다. 그의 부인 역시 민망하고 부끄러웠지만 이 순간을 어떻게 피해갈 방법이 없었다. 그래서 겸연쩍게 웃으며 이렇게 말했다.

"한참 재미를 볼 때 그놈이 어찌나 크고 좋은지 예전과 다르다는 생각이 들었습니다. 그것이 바로 소금장수 것이었군요."

이 말을 들은 생원은 발만 동동거리면서 그저 기가 찰뿐이었다.

노승과 여성음모의 맛

호남지방의 어느 절에서 무차대수륙제
無遮大水陸齋를 지내고 있을 때 남녀 구경꾼들이 수천 명이었
다. 제가 끝난 후 나이가 어린 사미승이 도장을 청소하다가
여인들이 앉았던 곳에서 여자의 음모 한 개를 발견했다.

"오늘 기이한 노화를 얻었구나."

라면서 음모를 들고 기뻐하자 다른 스님들이 그것을 빼앗
으려고 야단법석이었다. 하지만 사미승은 그것을 굳게 쥐
고 놓지 않았다.

"내 팔이 끊어져도 이 물건만은 절대 빼앗기지 않겠어."

라고 하자, 여러 스님들이 이렇게 말했다.

"이런 보물은 개인사유물일 수가 없고, 마땅히 여럿이 공
론하여 결정할 문제이다."

얼마 후 종을 쳐서 가사장삼을 입은 스님들을 큰 방으로
불러 열좌列坐한 다음 사미승을 불렀다.

"이 물건은 도장가운데 떨어져 있었기 때문에 마땅히 사
찰의 물건이다. 네가 그것을 주웠지만 혼자 차지할 수가
없다."

사미승은 할 수 없이 음모를 여러 스님 앞에 내어놓았다. 그러자 여러 스님이 유리발우에 담아서 부처님 앞에 있는 탁자 위에 놓았다.

"이것이 삼보三寶를 장藏했으니, 길이 후세에 전할 보물이 도다."

"그러면 우리가 맛보지 못하지 않겠느냐?"

"하면 조금씩 잘라 나누면 되지 않겠느냐?"

"길이가 두어 치밖에 안 되는데, 어찌 여러 스님들이 나눠 가지겠느냐?"

이 말을 들은 어떤 객승이 끝자리에 앉았다가 말했다.

"소승 생각으로는 그 음모를 밥 짓는 큰 솥에 넣어 쪄서 물을 붓은 다음 스님들께서 나누어 마시면 될 것입니다. 나와 같은 객승에게도 그 물을 한잔만 나누어 주신다면 감사하겠습니다."

"객스님의 말씀이 정답이군요."

이때 이 절에 살고 있는 백세 노승이 여러 해 동안 가슴과 배가 아팠다. 그는 추위를 피하기 위해 문을 닫고 있었다. 이 소리를 전해들은 노승은 갑자기 나타나 합장하며 객승에게 이렇게 치하했다.

"오늘 객스님의 말씀이 지당하십니다. 이 노승 역시 그것을 마신 후 저녁에 죽더라도 여한이 없겠소. 원컨대 객스님께서는 성불成佛하소서."

과부의 음욕을 고친 총각 의사

　　미모의 젊은 과부가 강릉기생 매월梅月
과 이웃하면서 친하게 지냈다. 매월은 빼어난 자색과 명창
이었기 때문에 재사와 귀공자들이 줄을 섰다. 그러던 여름
어느 날 그렇게 시끌벅적했던 매월의 집안이 갑자기 조용
해졌다. 이를 이상하게 여긴 과부가 매월의 방으로 몰래
다가가 침을 발라 구멍을 뚫어 엿보았다. 방안에는 청년
놈이 적삼과 고의를 모두 벗은 채 매월의 가는 허리를 팔
로 휘잡아 아홉 번 전진하고 아홉 번 후진하는 묘법을 구
사하고 있었다.

　과부는 기생의 다양한 교태와 사내의 질풍노도를 처음 본
것이었다. 더구나 청년의 강력한 움직임에 엉큼한 마음까
지 생겨 가슴이 타올랐다. 집으로 돌아온 과부는 자위행위
를 했다. 절정에 다다른 그녀는 비음 섞인 감탕의 소리가
목구멍에서 저절로 흘러나왔다. 그렇게 십여 차례 자위행
위를 하다가 그만 목구멍이 막혀 말을 나오지 않았다.

　이때 이웃집 노파가 찾아왔다가 그 꼬락서니를 보고 혀를
차면서 물었다. 그렇지만 과부는 목이 막혀 말 대신 바람

빠지는 소리만 냈다. 이에 노파는 무슨 곡절이 있음을 짐작하고 되물었다.

"색시, 혀가 고장 났지? 그러면 글자로 써보게나."

라면서 지필묵을 주자, 과부는 처음부터 지금까지 있었던 일을 낱낱이 적었다. 내용을 읽은 노파는 빙그레 웃으면서 비방을 전해주었다.

"상나라 말기에 그것으로 생긴 병은 그것으로 고쳐야한다고 했어. 이 병엔 특별한 약이 없고 오로지 사내를 맞아들이는 치료법 밖에 없다네."

노파는 과부에게 노총각 우생禹生을 소개해주겠다고 했다. 우생은 집이 가난해 서른이 넘도록 장가도 가지 못했다. 우생을 찾아온 노파가 과부의 안타까움을 설명했다.

"이보게, 저작거리에 살고 있는 과부에게 일이 생겼다네. 그 병을 치료할 사람은 오직 자네밖에 없어. 만약 과부를 치료해준다면 네게 아내가 생기는 것이고, 과부는 남편을 얻는 것이 된다네."

이 말을 들은 우생은 크게 기뻐하면서 노파를 따라 과부의 방으로 들어갔다. 노파는 우생을 과부에게 소개하고 방을 나왔다. 밤이 되자 우생은 알몸으로 촛불 밑에서 몇 시간 동안 환희를 즐겼다. 그러자 과부는 자신의 병이 씻은 듯이 낫자 이렇게 말했다.

"그대는 진정한 최고의 의사입니다."

천기누설로 목숨을 건진 소년신랑

옛날에 어떤 선비가 나이 삼십 살에 아들 하나를 얻었는데, 여섯 살이 되자 인물이 출중해 애지중지 키웠다. 어느 날 우연히 용한 맹인 점쟁이를 만나 아들의 천수를 물었다.

"이 아이는 열다섯 살이 지나면 귀하게 되는데, 처를 얻으면 곧바로 반드시 횡사합니다."

라는 점괘를 말했다.

"귀하게 된 인격인데 왜 횡사한단 말이오? 그렇다면 무엇으로 횡액을 면할 수 있겠소? 청컨대 차근차근 가르쳐 주시오."

"천기를 누설하기가 곤란합니다. 지금 그대의 정성이 갸륵하고 아이 역시 아깝습니다. 그래서 화를 면하는 방책을 말씀드리겠습니다. 이 아이가 혼인을 치른 다음 삼일동안 처갓집에서 자서는 안 됩니다. 그리고 아침저녁밥과 한 잔의 물까지 처가에서 먹어도 안 됩니다. 또한 처가를 왔다 갔다 해도 당연히 화가 미칠 것입니다. 그래서 작은 그림 한 폭을 내가 줄 것이니, 평상시에는 절대로 보지 말고 항

상 주머니 속에 간직했다가 위급할 때 본다면 화를 면할
수가 있습니다. 내가 한 말을 반드시 명심해서 경계하고
주머니에 간직하게 하시오."

맹인 점쟁이의 말에 따라 아이의 아버지는 이를 지키기 위
해 여념이 없었다. 점쟁이의 말처럼 아들은 열다섯 살에
권력가인 재상의 사위가 되었다. 혼례 날 신랑은 점심과
저녁밥을 먹지 않았고, 밤에는 신부의 집을 피해 집으로
돌아와 사흘 동안 처가에서는 묵는 예를 지키지 않았다.
그래서 한 잔의 물도 마시지 않았고, 오직 처갓집에 왕래
만 했다.

사위의 이런 행동에 처부모는 크게 노하고 의심까지하기
시작했다. 이런 가운데 혼인을 한지 열흘이 지난 어느 날
밤에 신부가 배에 칼을 맞고 죽었다. 이에 온 집안사람들
이 통곡하면서 그렇게 죽은 까닭을 알지 못했다.

"신랑이 혼인한 날부터 먹지도 않고 자지도 않더니, 반드
시 무슨 곡절이 있을 것이다. 뜻밖의 변괴의 원인이 반드
시 신랑에게 있을 것이다. 자신이 직접 행한 짓이 아니라
면 다른 사람을 시켜서 죽였을 것이다. 그를 관가에 고소
해 엄하게 다스리면 반드시 단서를 얻을 것이다."

라는 말을 들은 장인은 사위를 의심해서 엄하게 밝히라고
명했다. 이에 형조가 출동해 신랑을 추포해서 처가에서 숙
식하지 않은 이유를 문책했다.

"신부를 죽인 것이 반드시 네가 한 짓이렷다! 하나도 빠짐없이 낱낱이 고하지 못할까!"

"그렇게 하겠습니다. 처가에서 숙식하지 않은 것은 어떤 이유인지는 알지 못하지만, 아버님의 말씀을 따랐을 뿐입니다. 하지만 신부가 죽은 것은 의외의 일로 제가 한 짓이 아닙니다. 그런 까닭에 직고할 것이 없습니다."

이에 추조가 엄형으로 묻기 위해 형구를 갖추자, 신랑은 어찌할 바를 몰랐다. 그때 신랑은 갑자기 맹인 점쟁이가 준 그림을 생각하고, 얼른 주머니에서 꺼내 펼치면서 큰소리로 외쳤다.

"청컨댄 법부는 이 그림을 보시고 처분하소서!"

그러자 형판이 그림을 보자 누런 종이 위에 개 세 마리가 그려져 있었다. 그는 반식 경을 생각하다가 마침내 형리들을 불렀다.

"너희는 신부 집으로 곧바로 달려가 인척은 물론이고, 문객과 종들 가운데 황삼술黃三戌이란 사람이 있으면 보내라고 전갈하고, 만약 현장에 있으면 데리고 오느라."

형판의 명을 받은 형리들이 신부의 집으로 달려가 전갈하자, 과연 중놈 가운데 황삼술이란 사람이 있었다. 형리들은 그를 데리고 오자, 추판이 곧바로 잡아들여 문초했다.

"너의 죄는 네가 잘 알 것이다. 그래서 하나도 빠짐없이 이실직고 하고 만약 그렇지 않다면 견디기 어려운 악형을 내리겠다!"

"죽을죄를 지었습니다. 소인은 일찍부터 그 댁 규수와 간통했습니다. 그래서 그녀와 약속하기를 혼례 후 신랑을 죽이고, 몰래 도망쳐 백년을 함께 해로하기로 언약했습니다. 그런데 신랑은 이상하게도 초례만 치른 후 한 번도 처가에서 유숙치 않았고, 음식과 물까지 입에 대지 않았습니다. 그래서 신랑을 칼로 죽이거나 독살할 기회가 없었습니다. 이에 규수가 나에게 지난 일이 후회스럽다며 지금 좋은 사람을 만났기 때문에 헤어지자고 했습니다. 그 후부터 소인을 만나주지도 않아 분함을 이기지 못해 몰래 들어가 죽였습니다. 이 모든 죄를 신랑에게 덮어씌우고자 했습니다. 이제 모든 것이 밝혀진 이상 말씀드릴 것이 없습니다."

추판이 크게 노해 그를 몰골내고 신랑은 석방시켰다. 누런 황색 종이는 황씨 성을 말했고, 개 세 마리에서 세 마리는 삼이며, 개는 술戌을 말한 것으로 바로 황삼술을 말한 것이다.

기생의 교태에 재산을 탕진한 이서방

평양에 재주가 뛰어나고 얼굴이 아름다운 기생이 살고 있었다. 이때 향생 이서방은 처갓집에서 만들어준 노자와 화려한 옷을 차려입고 나라의 지인知人이 되어 평양에 머물고 있었다. 그가 머물고 있는 곳은 기생의 집과 가까웠고, 그녀는 그가 가진 물건이 많은 것을 보았다. 그래서 그 물건을 뺏기 위해 일부러 그가 있는 곳으로 찾아와 놀라면서 말했다.

"아~휴. 지체 높으신 어른께서 오신 줄을 미처 몰랐습니다."

이 말을 남기고 그녀가 돌아가자, 이 후부터 이서방의 마음은 그녀를 사모하게 되었다. 저녁 때 그녀는 이서방을 위로하면서 말했다.

"청춘이 한창일 때 객지에서 얼마나 심심하시겠습니까? 소첩의 지아비가 멀리 전쟁터로 나간 뒤 몇 해가 되어도 돌아오지 않고 있습니다. 속담에 과부가 홀아비를 알아본다고 했습니다."

그런 다음 갖은 교태를 부리면서 접근하자 이서방은 그녀의 꾐에 빠져 정을 통하고 말았다. 이때부터 이서방은 자신이 가진 물건을 모두 기생에게 쓰면서 동거를 하게 되었다. 기생은 동거하는 날부터 매일 아침이면 식모를 불러 귀에다 소곤거렸다.

"예야, 밥반찬을 맛있는 것으로 올려라."

이에 이서방은 그녀에게 홀딱 빠져 자물쇠꾸러미를 넘기고 말았다. 그러던 어느 날 기생은 시무룩한 표정으로 있자, 이서방은 위로해 이렇게 위로했다.

"내가 싫어졌는가? 아니면 의식이 부족해서 그런가?"

"나리보다 벼슬이 낮은 관리는 내 친구기생을 사랑해 금비녀와 비단옷을 선물했습니다. 그 사람이 진정한 기생서방이 아니겠습니까?"

"그것을 걱정하느냐? 내가 그렇게 해주마."

말이 끝나기가 무섭게 기생이 원하는 것을 사주었다.

"나리, 함께 사는 처지인데 함부로 낭비하지 마세요."

"이 재물은 내 것으로 누가 뭐라고 하겠느냐!"

기생은 이렇게 해서 이서방의 재물을 모두 빼앗고 탕진시켰다. 그러던 어느 날 밤, 기생은 몸종과 함께 재물을 모두 가지고 도망쳤다. 이서방은 이것을 모른 채 등불을 켜고 밤새도록 기다렸지만, 기생은 돌아오지 않았다. 그는 아침을 짓고자 궤짝을 열었는데, 그곳엔 한 푼의 돈도 남아있지 않았다. 이제야 속았다는 것을 알아차린 이서방은 홧김에 자살하려고 했지만, 이웃집 노파가 찾아와 말했다.

"이런 일은 기생들이 보편적으로 하는 수법인데, 나리께서는 모르고 계셨습니까? 기생이 매일 아침마다 식모에게 속삭인 것은 재물을 뺏고자 한 것이고, 다른 사람을 칭찬한 것은 그대에게 약을 올려 효과를 보고자 한 것이며, 비단장수를 끌어들여 비단을 팔게 한 것은 내통했던 간부와 함께 나머지 재물을 모두 뺏고자 한 것입니다."

"내가 그년을 만나면 즉시 몽둥이로 때려죽여 옷과 버선을 벗기겠다."

이렇게 말한 이서방은 기생학교 옆에서 잠복하던 중 그 기생은 친구 수십 명과 함께 지나갔다. 이때 이서방은 몽둥이를 들고 뛰어가 외쳤다.

"마귀야! 네가 비록 창녀라고 하지만, 어찌 그런 행동을 했는가! 어서 내 금비녀와 비단을 돌려보내라!"

이성방의 호통에고 불구하고 기생은 깔깔거리면서 대꾸했다.

"친구들아, 이곳에 서 있는 저 어리석은 놈을 봐라. 기생에게 준 물건을 되돌려달라고 하는구나!"

이에 여러 기생들이 이서방을 쳐다보자, 얼굴이 붉어지면서 부끄러워 달아났다. 재산을 기생에게 모두 탕진한 이서방은 빌어먹으면서 처가에 도착했다. 그를 본 장모가 노해서 문을 닫고 쫓아냈다. 이로써 이서방은 거지가 되어 걸식했는데, 뭇 사람들이 손가락질하며 그를 비웃었다고 한다.

채찍 덕분에 장원급제한 가난뱅이

　　백오십년 전, 충청도에는 경치가 아름답
고 생활에 필요한 모든 것이 갖춰져 있는 살기 좋은 작은
고을이 있었다. 이곳에는 많은 종류의 과일이 수확되는데,
그 중에서도 참외 맛은 단연 으뜸이었다. 그래서 이 마을
의 들판에는 참외 밭이 유난히 많았는데, 여름철이 되면
참외서리를 막기 위해 원두막이 여기저기 세워져 풍경이
그림처럼 아름다웠다.

　이 마을엔 준구俊九와 청호青湖가 살고 있었는데, 준구는
공부보다 활쏘기와 칼 쓰기에 능했고 청호는 총명해 공부
를 잘했다. 하지만 준구의 집안은 부자에 명문가였고, 청
호는 가난한 생원의 자식이었다. 그래서 청호는 준구를 별
로 좋아하지 않았다.

　어느 여름 깊은 밤, 두 소년은 참외서리를 위해 참외밭으
로 갔다. 주위를 살핀 다음 기어서 참외밭으로 들어갔다.
이때 원두막을 지키는 노인은 잠에 빠져 있었고, 이들은
만약을 위해 원두막 사다리 밑에다가 오줌독을 갖다놓았

다. 그것은 참외를 따다가 들켰을 때, 노인이 사다리를 내려오다가 오줌독에 발이 빠지면 도망칠 수 있는 시간이 있기 때문이었다. 그런 다음 두 소년은 숨을 죽이고 참외를 따서 망태에 넣었다.

이때 노인은 이들을 발견하고 소리치면서 사다리도 내려오다가 오줌독에 발이 빠지면서 외마디소리와 함께 넘어지고 말았다. 이 기회를 틈탄 두 소년은 무사히 마을로 돌아와 친구들과 함께 참외 파티를 열었다.

재미를 붙인 이들은 며칠 후 오줌독에 빠진 노인을 생각하면서 그 참외 밭으로 또다시 찾아갔다. 지난번처럼 사다리 밑에 오줌독을 갖다놓고 참외를 따기 시작했다. 이때 이들 뒤에서 노인이 갑자기 나타나 청호의 머리꼬리를 낚아채고 다른 손으로 준구의 머리꼬리를 낚아채려는 순간 잽싸게 도망쳤다. 화가 난 노인은 청호를 원두막까지 데려와 불빛에 얼굴을 비추면서 이렇게 말했다.

"허어~ 네놈은 유생원 아들이구나. 얼마 전에도 너희들 짓이렷다!"

노인은 서리꾼들이 다시 나타날 것을 짐작하고 사다리 하나를 원두막 반대편에 만들어 놓았던 것이다. 그래서 오줌독에 빠지지 않았던 것이다.

"잘못했습니다. 용서해주세요."

"시끄럽다, 이놈! 도망친 놈은 누구냐? 어서 말하지 못하겠느냐?"

"함께 이곳으로 왔지만, 누군지 정말 모릅니다."

청호는 친구까지 숨겨주기 위해 이렇게 말한 것이다.

"모른다면 할 수 없지. 내일 아침에 참외밭 주인에게 가서 사과해야 한다. 알겠느냐?"

"참외밭 주인이 누구신가요?"

"이놈아, 누구긴 누구야. 맹영감이지."

"예! 맹영감이라고요?"

맹감은 이 고을에서 떵떵거리며 사는 부잣집으로 세도뿐만 아니라 전답까지 많았다. 더구나 성격이 호탕해 호랑이라는 별명이 있었고 한편으론 너무 인색해 맹돼지라고도 했다. 청호는 마음속으로 잘못 걸려들었다고 생각했다. 노인은 오줌독에 빠지고 참외까지 도둑을 맞은 것이 분해서 주인 맹감에게 보고했던 것이다. 그러자 맹영감은 이렇게 말했다.

"반드시 그놈들을 잡아오게, 내가 한번 만나봐야겠어."

라면서 반대편 사다리를 설치하라는 꾀를 가르쳐 준 것이다.

"반드시 내일 찾아가거라. 만약 약속을 어긴다면 너희 집으로 찾아갈 것이다."

겨우 풀려나 청호가 집으로 돌아오는데, 준구가 길에서 기다리고 있었다.

"청호야, 미안하구나. 어땠어, 괜찮았어?"

이 말을 들은 청호는 지금까지 있었던 모든 사연을 들려주었다.

"휴~ 큰일 날 뻔했구나. 청호야, 부탁이 있는데, 나는 빼줘라. 난 지금 그 집 규수하고 혼인 말이 오가고 있어서 그래."

"알았어. 널 고자질 하지 않을 테니 걱정하지 마라."

"고맙다. 반드시 의리를 갚을 게."

하지만 청호는 준구와 친구란 것이 몹시 후회스러웠다. 다시 말해 나쁜 친구를 사귀면 나쁘게 된다는 것을 생각한 것이다. 다음날 청호는 당당하게 맹영감 집으로 찾아갔다. 그와는 몇 번 만났기 때문에 서로 일면식이 있었다.

"네놈이구나. 이리 오너라!"

맹영감은 큰소리로 호령하면서 청호를 담 밑에 있는 복숭아나무에 밧줄로 묶은 다음 채찍으로 때렸다.

"이놈! 참외를 훔친 것도 모자라 노인을 오줌독에 빠지게 만들어 다리를 다치게 해! 오늘 맛 좀 봐라!"

맹영감은 채찍으로 청호를 마구 때리기 시작했다. 하지만 청호는 울지 않고, 도리어 그의 짓거리가 사람처럼 보이지 않아 그저 우습게만 보였다. 얼마를 때렸는지 채찍을 맞은 청호의 몸에서 피가 옷 위로 배어나왔다.

"아버님! 이제, 그만하시고 용서해주세요!"

한 소녀가 울면서 말렸다. 그 소녀는 청호보다 한두 살 아래로 매우 아름다운 미인이며 맹영감의 딸 보랑寶娘이었다.

'저 소녀가 준구와 혼인 말이 오간다는 맹영감 딸이구나.'

그 소녀를 본 청호는 순간적으로 알아봤다. 하지만 맹영감은 막무가내였다.

"네 이년, 여자의 몸으로 감히 여기가 어디라고 함부로 나왔느냐?"

"아버님, 제발 부탁이에요. 만약 그 도령을 용서해주지 않으면 아버님 말씀을 따르지 않겠습니다. 그까짓 참외 몇 개 따먹은 것이 무슨 큰 죄라도 되는 것입니까?"

규중처녀로서는 대담한 행동이었고, 그런 소녀가 청호로선 고마웠다. 그러던 중 청호와 소녀가 눈이 마주치면서 순간 짜릿한 정 같은 것이 통하는 듯했다. 이내 청호는 창피하고 부끄러워 머리를 숙였다.

"이놈, 이실직고 하지 못할까? 너랑 함께 간 놈이 누구인지 말하렷다! 그렇지 않으면 뼈가 으스러지도록 매질을 하겠다."

"절 죽인들 말하지 않겠습니다."

"뭣이! 이 쥐새끼 같은 놈."

말이 떨어지기가 무섭게 채찍질이 또다시 시작되었다. 그러자 보랑寶娘은 달려들면서 채찍을 잡았다.

"이년이, 이게 무슨 짓이더냐?"

"제발, 채찍을 거두셔요, 아버님. 이건 너무 과한 행동이십니다."

울며 애걸하는 딸을 본 맹영감은 할 수 없이 채찍을 거두고 청호를 풀어주었다.

"오늘은 이것으로 널 풀어주겠다. 하지만 두 번 다시 도둑질을 한다면 용서하지 않겠다."

여름이 지나가고 가을 어느 날, 매파가 유생원 집으로 찾아와 권했다.

"맹영감 댁 규수가 미인이고 얌전한데, 한번 통혼해 보시지요."

이것은 보랑이가 어머니에게 청혼이야기를 해 매파를 유생원 집으로 보내게 유도한 것이었다.

"글쎄요. 우리처럼 가난한 집과 혼인을 하겠습니까? 더구나 맹영감은 호랑이 같아서…"

"호랑이 굴에 들어가야 호랑이를 잡을 수 있지요. 그 집에서는 좋게 생각하는 것 같은데 말이오."

이에 밑져야 본전이라는 생각에 유생원은 맹영감을 찾아갔다. 이때 맹영감은 유생원이 아들의 잘못을 사과하러 온 줄 알았다. 하지만 뜻밖에도 혼사를 말하는 것이었다.

"제 자식 놈이 잘난 것은 없지만, 그래도 이 고을에서 제일 똑똑한 것은 사실입니다. 어제 어떤 매파가 찾아와 댁에 따님과 혼인하면 좋겠다고 해서 이렇게 온 것입니다."

"지금, 뭐라고 했나? 무슨 당치도 않는 말을 하는 것인가? 그런 아들 셋을 뭉쳐도 내 딸과 혼인할 수가 없네. 자네가 미쳐도 단단히 미쳤어!"

"물론 저 역시 그렇게 생각했습니다만 매파가 와서 조르기에 이렇게 온 것입니다."

"혹시 자네 알고 있는가? 자네 아들놈이 얼마 전에 우리 밭에서 참외를 훔쳐갔어. 내가 도둑놈을 어떻게 사위로 삼겠는가?"

"예? 그런 일이 있었습니까? 전혀 금시초문입니다."

"도둑질을 해놓고 아비에겐 말하지 않았군. 장가를 보내려면 참외도둑년을 골라 보내시게."

유생원은 모욕을 당하고 창피해 얼른 집으로 돌아와 청호를 불러 종아리를 때렸다. 그날 저녁 맹영감이 밥을 먹을 때 그 부인이 입을 열었다.

"영감, 유생원이라고 아시죠?"

"잘 알지요. 왜 묻는 것이오?"

"그렇다면 여름에 우리 참외를 훔쳤다고 때려준 아이도 잘 알겠군요?"

"물론이요."

"그날 이후부터 보랑이가 입만 열면 그 아이를 칭찬하고 있습니다. 더구나 준구하고 약혼하라고 하면 펄펄뛰면서 시집안가겠다고 합니다. 이 일을 어쩌면 좋겠습니까?"

"뭐라고, 그 아이가 실성한 게 아니면 그렇게 말할 리가 없소. 더구나 사내가 없어서 하필 참외도둑놈에게 시집가겠다는 것은 또 무슨 조화요? 준구란 놈을 보시오, 활도 잘 쏘고 칼싸움도 잘하는 사내대장부가 아니오."

"영감, 점쟁이가 말하길 준구는 장래가 좋지 못하다고 합니다. 더구나 여름에 참외서리도 준구가 유생원 아들인 청호를 꾀여서 갔다고 합니다."

"부인께서 그것을 어떻게 알았단 말이오?"

"청호의 서당친구들 입에서 나온 말입니다. 저 역시 보랑이와 함께 청호의 서당친구 어머니들에게 들었답니다. 특히 보랑이는 청호가 친구를 위해 끝까지 입을 열지 않은 것이야말로 진정한 사내라고 칭찬합디다. 그 아이 눈치가 청호를 몹시 사모하는 것 같아 일부러 매파를 유생원 댁으로 보낸 것입니다."

"그래서 유생원이 나를 찾아왔구려. 허어, 그놈이 준구를 불지 않았다. 그놈, 참으로 기특한 구석이 있어."

"그렇습니다, 영감. 웬만하면 발뺌하려고 거짓으로도 말했을 것입니다. 하지만 그렇게 채찍을 얻어맞고도 의리를 지킨 것을 보세요."

"하긴 그렇군. 하지만 그 집은 문벌도 없고 너무 가난한데, 창피해서 어떻게 사돈을 맺을 수 있겠소. 아예 생각하지 맙시다."

"그것은 청호가 성장해 출세하면 해결되는 것 아니겠습니까."

"그 아이가 잘 되면 얼마나 잘 되겠소. 하지만 나와 준구 아버지 사이가 가깝고 특히 무관으로 이 고을에서는 이름난 집안 아니오. 그런 좋은 배필을 버리고 비천한 유생원하고 사돈을 한다는 것은 세상 사람들이 다 비웃을 것이오. 부인도 이제 그만 유생원 이야기를 하지 마시오."

"영감, 보랑이를 생각해서라도 한 번 더 고민해보시지요."

"그건 그렇고 어째서 그 아이가 그런 생각을 한 것인지 답답하구려. 혼인은 원래 부모의 뜻대로 하는 것이오. 어디서 감히 부모의 명을 어긴단 말이오. 내 오늘 단단히 혼내주겠소! 얼른 보랑이를 부르시오."

이에 보랑이는 아버지 맹영감 앞으로 불려나와 고개를 숙이고 있었다.

"네 이년, 정신이 있는 게냐 없는 게냐. 어디 남자가 없어서 참외도둑놈을 생각하느냐?"

"아버님 말씀을 따르지 않겠다는 것이 아닙니다. 들자온데 소녀와 혼인이 오가는 준구라는 사내는 참외도둑대장으로 소문나 있습니다."

딸의 말을 들은 맹영감은 어이가 없어 말문이 막혔다.

"허어, 그래도 정신을 차리지 못하는구나. 어째서 규중처녀가 버릇없게 아비 말에 또박또박 토를 다느냐?"

"입은 말을 하라고 달려있는 것입니다. 입은 사내나 아녀
자나 같다고 생각합니다."

"이런 경을 칠년! 뭐이라고? 그래도 아비 말에 꼬박꼬박
말대꾸를 하느냐!"

"아버님께서는 소녀가 벙어리라도 되었으면 좋겠습니
까?"

맹영감은 딸의 말에 기가 막히고 화가 났지만, 한편으론
우습기도하고 감탄했다. 그는 계집아이라고 무조건 무시
해서는 안 되겠다는 생각에 자신의 고집을 조금씩 뉘우치
기 시작했다. 한참동안 적막이 흐른 뒤에 맹영감은 담뱃대
를 물고 방을 나갔다. 이 모습을 본 어머니와 딸은 마주보
며 웃었다. 모처럼 모녀는 밤이 깊도록 이야기꽃을 피웠
다.

이듬해 봄, 보랑은 마당 복숭아나무에 탐스런 꽃이 활짝
피었고, 나비가 날아와 춤을 추는 것을 보고 있었다. 그때
복숭아나무에 묶여 매를 맞던 청호의 모습이 보였다. 처녀
로서 봄이 되자 임이 더욱 그리워졌던 것이다. 때마침 이
고을에서는 청소년들을 위한 백일장이 열렸다. 관청 동원
마당에는 인근에 있는 고을의 청소년들 수백 명이 모여 글
을 지었다. 이때 대청에는 원님과 육방관속이 나열해 앉았
고, 인근 고을의 명문가들과 함께 맹영감 역시 참석했다.

청소년들 가운데 준구와 청호도 참석했다. 이윽고 글 짓

는 운자가 나오자 청소년들은 글을 짓기 시작했다. 완성된 글은 종이에 적혀 한편 두 편씩 대청으로 올라갔고, 관원들이 둘러앉아 심사했다. 잘된 글에는 관주를 주고 잘못된 글은 접어 넣었다. 관주는 동그라미 하나나 둘을 그려 등급을 매겼다. 지금까지 올라온 글에 새겨진 관주는 많아야 두세 개뿐이었다. 하지만 유청호의 글이 올라가자 관주가 무려 다섯 개나 그려졌다. 얼마 후 대표심사위원의 발표가 있었다.

"장원급제는 유적호요!"

이렇게 호명한 뒤 유청호의 글을 읊었는데, 정말 명문장에 명시였던 것이다. 이를 지켜보던 아버지 유생원은 너무 기쁜 나머지 눈물을 흘렸다. 하지만 이때 가장 놀란 사람은 맹영감이었다. 참외도둑놈이라고 잡아다가 묶어놓고 매질을 한 아이가 장원이 된 것이었다. 맹영감은 기가 막히고 얼굴까지 붉어졌다. 맹영감은 집으로 돌아와 저녁을 먹는데, 아내와 딸이 시중하면서 물었다.

"오늘 누가 장원급제를 했습니까?"

"허어, 아녀자들이 몰라도 되는 것이오."

"무슨 말씀을 그렇게 하셔요. 우리가 들으면 안 됩니까?"

"글쎄 그놈이 급제했어, 그놈이."

"그놈이라니, 누구를 말씀하시는 것입니까?"

"그놈, 있잖아. 유생원 아들 청호말이야."

그러자 깜짝 놀란 보랑이 눈을 깜빡거리면서 말했다.

"예? 정말이에요. 그러면 그렇지!"

"그까짓 고을에서 급제한 게 무슨 소용 있겠소. 정말 한양서 급제해서 한림학사가 돼야지."

"만약 그렇게 된다면 소녀를 그 댁으로 시집보내시겠어요?"

"그야 말하면 잔소리지. 그렇게 되면 그 집에서 받아줄지 걱정이구나. 하지만 장원급제가 그렇게 쉽겠어?"

"저는 청호 도령을 믿습니다. 꼭 그렇게 될 것 같습니다."

이 말을 들은 맹영감은 청호에게 모질게 대한 것이 몹시 후회스러웠다. 이때 그의 부인이 물었다.

"그건 그렇고, 준구 도령은 어떻게 되었습니까?"

"그놈은 무관이야, 무관."

"영감, 무관도 글은 알아야 됩니다."

가을이 되면서 한양에서 과거시험이 있었고 유청호는 보기 좋게 장원급제로 한림학사가 되었다. 얼마 후 청호가 고향으로 돌아오자 원님이 친히 나오면서 주악으로 환영했다. 그러자 남녀노소가 구름처럼 모여 구경했다. 이때 보랑 역시 그 어머니와 함께 사랑대청에서 보고 있었다. 맹영감은 자신이 청호에게 도리어 채찍을 얻어맞는 것처럼 느꼈다. 순간 딸을 보자 웃으면서도 눈물까지 흘리고 있었다.

며칠이 지나자 맹영감은 유생원 집으로 찾아와 평소의 우렁찬 목소리와는 달리 가늘고 떨리는 목소리로 말했다.

"참으로 말씀드리기가 거북하지만, 우리 딸과 댁의 아드님과 백년가약을 맺어주는 것이 어떻겠소?"

"내 생각에 댁의 따님 셋을 뭉쳐 와도 내 아들과는 혼인할 수가 없을 것입니다."

"오해를 푸시고 모든 것을 과거사로 돌리시는 것은 어떻겠습니까?"

이때 청호가 들어와서 맹영감에게 절을 올리고 말했다.

"절 받으십시오. 제가 찾아가서 뵙는 것이 예인데, 이렇게 찾아오시게 해서 죄송합니다."

"이번 과거에서 급제한 것을 진심으로 축하하네."

"제가 장원급제한 것은 모두 고을 어르신들 덕분입니다."

"내가 자네를 때렸으니 이제 나를 때려주시게나. 정말 부끄러워 얼굴을 들 수가 없네."

"아닙니다. 소인은 그것이 인연이 되어 다행으로 생각하고 있습니다."

"그러면 날 용서하시는 것인가?"

"소생은 그날로 잊었습니다. 다만 잊지 못할 것은 채찍과 보랑아가씨의 고운 마음입니다. 이것을 교훈 삼아 열심히 공부한 것이지요."

이에 유생원은 못마땅한 얼굴로 아들 청호에게 물었다.

"아니, 너는 이 댁 규수와 혼인하겠다는 것이더냐?"

"네, 아비님, 소자는 오래 전부터 보랑아가씨와 마음으로 약혼한 사이입니다."

이듬해 봄, 유청호와 맹보랑의 결혼 날 원님과 함께 고을 유지들이 대거 참석했고, 한양에서는 임금님 특사까지 내려왔다. 첫날밤 신랑 청호가 신부 보랑의 옷을 벗기고 누울 때 보랑은 피 묻은 채찍을 보여주었다. 그러자 청호가 감복했다.

"아! 이것은 내가 맞던 그 채찍 아니오."

"맞습니다. 저는 이 채찍을 잘 때면 품에 안고 낭군을 생각했답니다. 그리고 이 피에 입 맞추고…."

"부인, 고맙소이다. 이 채찍은 나를 독려해 급제하게 만들고 그대와 혼인하게 만든 것이라오."

그 후 유청호는 벼슬이 점점 높아져 정승까지 되었다. 그가 정승까지 오른 것은 아내 보랑의 숨은 내조가 있었기 때문이다. 이들 부부는 아들딸 오남매를 두었고 고향에 갈 때면 항상 그곳 참외원두막을 들렀다. 뒤에 전해진 이야기에 따르면 준구는 산적이 되어 고을에 출몰했다가 잡혀 옥에 갇혔는데, 청호가 구제해주자 회개한 다음 무관으로 출세했다고 한다.

외눈박이 주장군의 죽음

　　　　　주장군의 이름은 맹이고 자는 앙지이며
선대는 낭주襄州사람이다. 민선초 강剛이 하나라 군주 공갑
孔甲을 섬기면서 남방주오역상지관을 맡아 출납을 관장했
다. 이에 공을 세우자 공갑은 감천군 탕목읍을 하사해 식
읍으로 삼게 했는데, 이때부터 그 집에 살았다.

　아버지의 이름이 난으로 열 임금을 섬겨 벼슬이 중랑장에
이르렀고, 어머니 음陰씨는 본관이 주애현朱崖縣이다. 그녀
는 어릴 때부터 아름다워 붉은 입술과 붉은 얼굴, 성품이
어질고 내조를 잘했다. 이로 인해 아버지 난은 그녀를 매
우 소중히 생각했기 때문에 작은 허물은 탓하지 않았다.

　대력大曆 2년 아들 맹을 낳았는데, 품행이 비범했지만 눈
이 하나밖에 없었다. 하지만 이것 역시 이름을 떨칠 때가
있다고 생각해 흠잡지 않았다. 그는 성격이 온순했으며 목
의 힘이 아주 대단했다. 한번 화가 나면 수염이 꼿꼿해지
고 힘줄이 온몸에 드러날 정도로 오랫동안 읍하고 굽힐 줄
모른다. 하지만 남을 공경할 줄 알고, 조심하면서 몸을 굽
혔다. 몸에는 항상 화색의 단령(조선시대 관원들이 공무를

볼 때 입었던 깃이 둥근 옷)을 입고 아무리 추워도 벗지 않았다.

출입할 때 반드시 붉은 주머니에 두 개의 환약을 넣어서 항상 차고 다녔기 때문에 독안룡으로 불렸다. 이웃에 살고 있는 장중선掌中仙과 오지향五指香이란 두 기생을 좋아하면서 즐겼다.

그는 남 몰래 그녀들과 번갈아 만나다가 두 기생들에게 탄로가 났다. 이로 인해 그녀들은 그에게 달려들어 주먹질을 했는데, 눈 주변이 찢어지고 눈물이 났다. 하지만 성질이 온순해서 그녀들의 폭행을 오히려 달게 받고 웃었다.

"하루라도 너희들에게 두들겨 맞지 않으면 마음이 편치 않구나."

이 이야기를 들은 사람들 모두가 그를 천하게 여겼다. 그때부터 그는 절조를 굽힌 것에 대해 뉘우치고, 기회가 있다면 명예를 회복하겠다고 굳게 마음먹었다. 단갑亶甲이 즉위 3년 만에 제군자사臍郡刺史 환영桓榮이 이렇게 말했다.

"군 밑에 오래된 보지寶池가 있는데, 물맛이 달고 땅이 기름져서 초목이 무성합니다. 그러나 살고 있는 백성들이 작기 때문에 마땅히 땅을 개간한다면 사람들이 몰려올 것입니다. 최근 들어 가뭄이 심해져 못이 거의 마르고 가끔 못의 기운이 위로 올라가 응결하고 있습니다. 폐하께서는 곧바로 조신朝臣을 파견해 지신을 달래고, 못을 깊이 파서 못물을 모아두었다가 사용한다면 천하대본을 잃지 않으며, 비록 무식한 필부필부匹夫匹婦라도 폐하의 조치에 감동할 것입니다.”

임금은 그의 말을 믿고 파견할 사람을 찾았지만 마땅한 사람이 떠오르지 않았다. 그때 온양부溫陽府 경력經歷 주차가 맹을 추천했다. 그러자 임금이 걱정하면서 이렇게 말했다. “상말에 ‘눈이 바르지 못하면 마음 역시 바르지 못하다’라고 했다. 맹은 대머리에 상하로 찢어진 외눈이 단점이다.”

그러자 주차가 사모도 쓰지 않은 채 대머리를 조아리면서 임금에게 말했다.

“옛날 성군은 오히려 두 알로써 간성지장을 버리지 않았습니다. 어찌 용모 중 한 가지 흠을 지적해서 버리시려고 하십니까? 청컨대 폐하께서 임시로 그를 시험해보시지요. 만약 그가 그 직분을 감당하지 못할 경우 신이 그 죄를 대신 받겠습니다.”

이 말을 들은 왕은 아무런 말도 없이 한참을 고민하다가 입을 열었다.

“경의 말이 백분 옳구나. 하지만 그는 깊은 숲속에서 몸을 움츠리고 양기를 감추고 있다. 더구나 짐이 기용함에 좋아하지 않고 사양한다면, 사람들에게 웃음거리가 되지 않겠느냐? 난 그것을 두려워하는 것이다.”

이에 주차가 또다시 아뢨다.

"그의 성격은 강함과 유함이 있어서 위력이 바다 밖까지 미치고, 사나운 용맹을 굽혀 바다 안까지 포용하는 것이 마치 사지에 뼈가 없는 소치와 같습니다. 폐하께서 성심껏 청하신다면 어찌 사양할 수 있겠습니까?"

임금은 주차를 시켜 폐물을 가지고 맹에게 가자, 그는 왕명을 기꺼이 받았다. 그러자 임금이 기뻐해 절충장군에 봉하고 보지착사로 임명했다. 그는 명을 받들어 밤낮으로 달려 용천涌泉과 양릉천陽凌泉을 거쳐 양관陽關을 지났다. 조금 있으면 못 언덕에 도착하는데, 못과 양릉천과의 거리는 삼리三里밖에 되지 않는다.

이보다 앞서 이성尼城사람 맥효동麥孝同이 못을 파고 있다가 장군이 온 것을 듣고 얼굴을 붉히고 물러났다. 그는 사방을 살핀 다음 웃음 띤 얼굴로 수염을 쓰다듬으며 말했다.

"이 땅의 북쪽에는 옥문산이 솟아 있고, 남쪽에는 황금굴이 이어져 있다. 또 동서로 붉은 낭떠러지가 있고 그곳에 바위가 하나가 있는데, 모양이 흡사 감 씨앗과 비슷하다. 술객術客들이 말하기를 요충출지要衝出地에 용이 구슬을 머금은 지형이기 때문에 적은 힘으로는 목적을 달성할 수가 없다."

이런 형세와 상황을 빠짐없이 임금에게 표表를 올렸다.

"신 맹은 선조 때부터 성조의 큰 은혜를 입었기 때문에 죽어서도 그 절개를 세우려고 합니다. 그래서 오래도록 외지에서 사소한 고행을 어찌 마다하겠습니까. 몸이 감천군에 이르렀는데, 어찌 일을 하지 않겠습니까. 청컨대 살아서 옥문관玉門關에 들어감이 매일 기다려집니다."

임금이 그의 표문을 보고 기뻐하면서 그의 공적을 칭찬하는 글을 내렸다.

"서방의 일은 오직 경에게 맡기노라. 이에 경은 부단한 노력을 아끼지 말라."

맹이 조서를 받들어 머리 조아려 치사한 다음 사졸들과 함께 고락을 같이 하면서 매일 필사적으로 못을 팠다. 일이 끝나지 않았지만 맑은 물줄기가 몇 가닥 흘러나더니 갑자기 흐린 조수가 하늘로 용솟음쳤다. 얼마 후 섬 전체와 수풀이 물에 잠기면서 장군 역시 온몸이 흠뻑 젖었다. 하지만 장군은 그 자리에서 꼼짝하지 않고 태연하게 서 있었다. 그때에 백혀가리의 흙벼룩 무리들이 함께 살았는데, 갑작스런 외씨의 근심으로 함께 숲속에 숨어 있다가 조수의 변을 당했다. 더구나 물살에 밀려 황금 굴까지 떠내려 갔다가 굴신을 만나 살려달라고 울부짖자 굴신이 이렇게 말했다.

"지금은 짐승들까지 이런 변을 당해 큰일이구나. 그가 가끔 미음을 보내 대접했기 때문에 고맙게 생각해 오랫동안

말하지 않았다. 하지만 이제는 그대들을 위해 내 마땅히 나서겠다."

이 말을 들은 흉벼룩 무리들이 좋아서 날뛰면서 말했다.

"이 일은 저희일가들의 생사가 달린 문제입니다. 부디 널리 살피셔서 저희 미물을 불쌍하게 생각하소서."

굴신이 벼룩의 말을 듣고 불쌍하게 생각해 못 신을 찾아가 크게 꾸짖었다.

"너희 집 지각없는 손님께서 너무 심한 생동을 하는구나. 항상 이환낭을 우리 집 문 앞에 달아두고 무상출입했다. 처음에는 그러려니 하며 참았는데, 출입이 잦아지면서 이웃의 체면도 불구하고 물로 우리 집 뜰과 문을 흠뻑 적시고 문짝까지 함부로 쳤도다!"

화가 난 굴신 앞에 못 신이 잘못했다고 사과했다.

"손님의 출입이 심해지면서 그 피해가 굴신에게 미쳤습니다. 비록 죽물의 변상이 있기는 했지만 문을 더럽히는 욕까지 당했습니다. 그래서 마땅히 벌을 내리고자 하오니, 굴신께서는 이웃의 정을 생각해 용서해주십시오."

밤이 되어 못 신이 가만히 엿보았는데, 장군은 사졸을 독려하면서 못 파기에 정신이 팔려 있었다. 못 신은 이때를 기회로 그의 머리를 깨물었고, 두 언덕 신까지 불러 협공했다. 이에 장군은 머리가 터져서 곧바로 죽고 말았다.

그가 죽었다는 소식을 들은 임금은 몹시 애통해 하면서

조회를 파하고 백사를 삼갔으며, 호를 '장강직효사홍력공신長剛直效死弘力功臣'으로 내린 다음 예를 갖추어 곤주에 장사지냈다. 후에 곤주를 지나던 어떤 사람이 우연하게 장군을 보았는데, 장군은 대머리를 번쩍거리며 여자의 질속을 헤엄쳐 다니면서 불생불사의 석가학문을 배우고 있었다고 전했다.

도둑의 벼락치기 겁간

　　큰 비가 쏟아지고 천둥이 치는 가운데 어떤 어린 부부가 방안에 누워 있었다. 더구나 밤은 칠흑같이 어두운데, 번갯불이 마치 대낮처럼 밝았다. 이때 남편이 말했다.

"임자, 장독을 단단히 살폈겠지?"

이에 부인이 대꾸했다.

"아~ 뚜껑을 덮는 것을 잊었습니다."

"얼른 나가서 뚜껑을 덮고 오시오."

"쇤네는 원래 천둥을 무서워하지 않습니까? 당신이 나가서 덮고 오세요."

어린 부부가 서로 미루는 사이에 비는 무섭게 쏟아지고 천둥까지 잦았다. 천둥을 무서워하는 부인은 마지못해 일어나 비가 쏟아지는 장독대 옆으로 갔다. 이때 도둑이 대청 아래에 숨어 부부의 다투는 소리를 모두 들은 뒤였다. 그래서 도둑은 미리 준비한 물동이를 부인 앞으로 던졌다. 그러자 부인은 너무나 놀라서 기절했는데, 이 틈을 노린 도둑은 벼락치기로 겁간하고 도망쳤다. 부인을 기다리던 남편은 너무 오랫동안 들어오지 않자, 문을 나와 장독대로 가봤다. 그런데 부인이 장독대 옆에서 기절해 있었다. 남편이 부인을 안고 방으로 들어왔을 때 겨우 정신을 차렸다. 그 순간 남편에게 이렇게 말했다.

"여보~ 벼락신도 암수가 있습니까?"

"지금, 무슨 소리를 하는 것이오?"

그제야 처가 부끄러워 얼굴을 돌리면서 말했다.

"갑자기 벼락신이 덤벼들어 내 몸을 내려눌러서 혼비백산했습니다. 그때 쇤네는 거의 죽은 몸처럼 인사불성이었습니다. 생각건대 벼락신 역시 낭군이 저에게 하는 방법과 똑같더군요. 너무 황홀했습니다. 지금 한 번 더 해주세요."

"그것 봐! 내가 나가서 오랫동안 있었으면 반드시 벼락을 맞았을 것이오. 벼락신이 사람을 가려서 용서하는 줄 아시오? 암튼 큰일 날 뻔했소."

남편의 자신의 무사함에 자화자찬했다.

기생의 요분질로 섹스의 맛을 터득한 남자

서관문관西關文官이 본부도사都事로 임명되어 부임지로 가면서 어떤 역에서 묵었다. 다음날 아침 말을 바꿔 탔는데, 말안장이 편치 못해 도저히 앉아 있을 수가 없었다. 이를 본 아전이 도사에게 고했다.

"만약 역장을 엄히 다스리지 않는다면 돌아오실 때도 이와 같을 것입니다. 그래서 소인으로 하여금 그들을 다스리게 한다면 먼 거리행차가 편안해질 것입니다."

이에 도사가 허락하자, 급창이 사령에게 명해 그 역의 병방과 도장을 묶어놓고 꾸짖었다.

"도사가 탄 말을 무슨 이유로 용렬한 것으로 내주었는가? 이 말의 안장이 몹시 불편하다. 어서 다른 말로 바꾸도록 해라!"

그러자 역한은 곧바로 준마로 바꾸어 왔다. 도사가 생각하기를 여러 번 서울로 왕래할 때 세를 내거나 빌린 말들에 대해 가려서 타지 못했는데, 지금의 준마는 평생에 처음 타보는 것이었다.

도사는 준마덕분에 시간을 단축시켜 도내道內에 곳곳에

도찰할 수가 있었다. 도사가 어느 고을에 도착했을 때, 수령이 마련한 다담상이 나왔다. 또한 수청기생까지 보내왔는데, 지금까지 도사는 기생을 한 번도 본 일이 없었다.

"여봐라, 붉은 치마를 입은 여자가 이곳에 어떤 일로 왔느냐?"

"본부에서 보내온 수청기생이옵니다."

"그렇다면 저 여인을 무엇에 써야 되는가?"

"행차하시는데 함께 하시어 동침하시면 됩니다."

"지아비가 있을 텐데, 후환이 없겠느냐?"

"고을마다 기생을 두는 것은 나그네를 접대하기 위함입니다. 만약 지아비가 있다고 해도 감히 어찌할 수가 없을 것입니다."

"허~어, 그런 것도 있구나."

얼굴에 웃음이 만연한 도사는 곧바로 기생을 방으로 들이게 하면서 급창을 불러 몰래 물었다.

"여봐라, 비록 여인이지만 이미 밑에 있는 사람이다. 그런데 불러서 함께 앉는다면 모양새가 나빠지지 않겠느냐?"

"기생은 원래 하나의 예로 되어 있습니다. 재상사부라도 많은 기생과 함께 자는데, 기생이 청하에 눕고 나리께서 당상에 있다면 거사를 이뤄지겠습니까?"

이 말을 들은 도사가 기생과 함께 자리를 했지만, 닭이 개보듯 개가 닭 보듯 하다가 서로 한마디도 오고감이 없었

다. 이런 시간이 길어지던 중 문득 도사가 목을 낮춰 기생을 바라보았다. 이미 밤은 삼경이 된지라 기생이 먼저 입을 열었다.

"진사님께서는 예전에 외도한 적이 있습니까?"

"집사람은 집에만 있는데 잠깐 밖에 나가는 일이 있어도, 어찌 내가 좇아가서 밭과 들 사이에서 거사를 행할 수가 있겠느냐. 앞으로 말을 삼가 하라."

"그것이 아니라, 예전에 다른 사람의 처와 동침한 일이 전혀 없습니까?"

"옛말에 남의 처를 훔치면 남도 나의 처를 훔친다고 했다. 어찌 내가 그 같은 옳지 못한 일을 하겠는가?"

기생은 도사를 한번 쳐다보다가 답답함에 더 이상 말을 하지 않았다. 그리고 촛불 아래서 손 베개를 하고 누웠다가 깊이 잠들었다. 기생은 눈썹이 아름답고 분칠한 얼굴이 희었으며, 붉은 입술이 매혹적이었다. 이에 도사는 넋이 나갔고 마음이 방탕하게 되면서 자연적으로 욕정이 발동했다. 숨을 헐떡거리던 도사는 기생을 끌어안고 마치 주린 매가 꿩을 채 가듯 자신의 물건을 밀어 넣었다. 그러자 기생이 놀라면서 잠에서 깨어나 손을 떨며 이렇게 외쳤다.

"행차! 행차하심이 무슨 일이옵니까?"

"가만히 있어라. 나의 종이 말했는데 기생은 이 행객과 동침하는 것이라고 하더라."

이에 기생은 크게 웃자, 도사가 말을 이었다.

"어떠냐? 너 또한 좋지 않느냐?"

드디어 기생을 끌어안고 섹스를 촛불 아래서 일을 시작했다. 도사는 평생 동안 이 같은 희열을 처음 맛보는 일이었다. 이에 따라 스스로 부끄러운 마음을 이기지 못해 얼굴이 붉어지고 수족이 떨렸다. 이때 기생이 그의 행동을 보고 이런 일을 전해 해보지 못한 촌사람으로 여겼다. 그래서 기생은 다양한 음사의 가지가지 재주를 부려 흥을 흡족케 해주기 위해 도사에게 달려들었다. 그리고는 또다시 거사케 함에 입을 맞추고 혓바닥을 빨았다. 또한 체질하듯 흔들어서 허리를 가볍게 놀려 엉덩이가 방바닥에 붙지 않게 놀았다. 그 결과 도사는 영혼이 날아가면서 중간에 토설까지 했다. 이어서 긴 소리로 도사가 종에게 말했다.

"기생차지의 병도장을 냉큼 잡아오느라!"

"나리, 역에는 병도장이 있지만 기생차지는 수노라고 합니다."

이렇게 고한 종은 수노를 잡아다가 크게 꾸짖었다.

"너의 무리가 이미 기생하나를 보내 행차소에 대령시켜 놓았다. 너는 마땅히 배위에서 편안하게 놀 수 있는 기생을 얼른 대령토록 하여라. 이 기생은 왼쪽으로 흔들고 오른쪽으로 움직이며, 배위에서 불편할 뿐만 아니라 입을 맞추고 혓바닥을 빨아서야 되겠느냐?"

라면서 수노를 때리라고 명하자, 이에 수노가 슬프게 간청했다.

"말위에 앉아서 편케 오는 것은 역한 등의 차지입니다. 그 잘못은 병도장의 빼도 박지도 못하는 죄입니다. 하지만 소인은 기생차지이기 때문에 용무를 보아 수청을 받들어 모시도록 했을 따름입니다. 하지만 잠자리에서 요동하는 몸부림을 소인이 어찌 알겠습니까?"

이 말을 들은 행수기생이 웃으면서 이렇게 말했다.

"쇤네가 실정을 말씀드리겠소. 마상의 불편함은 말의 네발에서 나온 병이고, 기생의 허리 아래 움직임은 요분질(성교할 때, 여자가 남자에게 쾌감을 주기 위해 아랫도리를 요리조리 놀리는 것)입니다. 이것은 남자의 쾌감을 돕기 위한 것으로 결코 병통이 아니오. 입을 맞추고 혀를 빠는 것은 봄 비둘기가 서로 좋아하는 모양과 같은 것입니다."

행수기생의 말을 들은 도사는 그제야 알았다는 듯이 고개를 끄덕였다. 그러자 하인들 모두가 물러가자, 도사는 또 한판을 치렀다. 이때 기생이 전혀 동요하지 않자, 비로소 도사는 요분질이 흥을 돕는데 필요한 것임을 알았다. 이에 도사가 여러 번 기생에게 애걸하자, 기생은 전처럼 요분질을 마음껏 해주었다. 이후부터 도사는 섹스의 맛이 좋다는 것을 알고 아침에 일어나면 자신의 뒤통수를 치면서 중얼거렸다.

'내가 삼십년 동안 안방에서 아내와 거사를 치렀어도 이 같은 절묘한 재미를 보지 못했다. 여편네란 부녀자로서 마 땅히 행할 요분질을 모르고 있구나. 가히 탄식할 만한 존 재가 아니구나.'

라면서 깊이 한숨을 쉬었다.

과부와 노승의 보답

어느 마을에 가난한 과부가 홀로 살고 있는데, 오랫동안 정절貞節을 지켜서 소문이 이웃 마을까지 퍼졌다. 그러던 어느 날 저녁, 바랑을 진 노승이 찾아와 석장으로 사립문을 두드리며 하룻밤 묵기를 청했다. 그러자 과부는 정중하게 거절하면서 말했다.

"쇤네의 집이 워낙 가난하고 남정네까지 없습니다. 더구나 쇤네 홀로 단칸방에 살기 때문에 청을 받아들일 수가 없습니다."

"이미 날이 어두웠고 인가도 없습니다. 자비를 베풀어 하룻밤만 허락하시면 그 은혜가 크겠습니다."

과부는 노승의 딱한 사정에 할 수 없이 허락했다. 그런 다음 남아 있는 보리밥과 된장을 깨끗이 해서 주었다. 허기에 진 노승은 맛있게 먹어치웠다. 과부는 노승을 생각해 아랫목을 내주고 자신은 윗목을 차지한 다음 옷을 입은 채로 잤다. 두 사람은 서로 잠을 청할 수가 없어서 끙끙댔다. 이때 노승은 잠든 척하면서 자신의 다리를 과부의 다리 위에 걸쳤다. 그러자 과부는 양손으로 공손히 다리를 내려놓았다. 얼마 후 노승은 한손으로 여인의 젖가슴위로 올려놓았다. 이 역시 과부는 두 손으로 공손히 손을 내려놓으면서 중얼거렸다.

'노승께서 피곤해 이런 것 같구나.'

닭이 울고 새벽이 되자, 과부는 일어나 밥을 지어 노승에게 밥상을 올렸다. 노승은 어제처럼 맛있게 먹은 다음 이렇게 말했다.

"이보시오, 볏짚이 있으면 몇 단 주시겠소."

그러자 과부는 볏짚을 마련해 스님에게 주자 그것으로 가마니를 쟀다. 그것을 과부에게 주면서 감사의 표시를 했다.

"이처럼 후한 은혜를 보답할 길이 없어서 이것으로 대신하오."

이에 과부가 고맙다고 인사하고 고개를 들자, 노승은 온데간데없이 사라지고 없었다. 얼마 후 과부는 들고 있던 가마니가 무거워져 속을 들여다보았다. 그런데 그 속엔 쌀이 가득 들어있었다. 고맙게 생각한 과부는 쌀을 쌀 단지에 붓자, 가마니에 또다시 쌀이 가득 찼다. 이로써 과부는 부자가 되었는데, 이 소문을 들은 이웃마을에 욕심 많은 과부도 요행을 기다렸다.

"나에게 중이 와서 자게 되면 그 과부처럼 하겠다."

욕심 많은 과부가 노승이 찾아오기를 고대하고 있던 어느

날, 저녁 무렵에 어떤 노승이 찾아와 하룻밤 묵고 가기를
청했다. 그러자 욕심 많은 과부는 곧 허락하고 저녁밥을
대접한 다음 한 방에서 잤다. 과부는 거짓으로 자는 척하
면서 먼저 자신의 다리를 노승의 배 위에 얹었다. 그러자
노승은 과부의 다리를 내려놓았다. 밤새도록 이렇게 하기
를 무수히 하다가 아침이 되었다. 일찍 일어난 과부는 아
침밥을 지어 대접하자, 밥을 먹은 노승은 볏짚을 달라고
했다. 과부는 볏짚 여러 단을 노승에게 갖다 주자, 가마니
한 개를 짜주고는 떠났다.

과부는 기뻐하며 가마니 속을 들여다보자, 쌀이 아니라
남자의 큰 양물이 가득 있었다. 이에 놀란 과부는 솥뚜껑
으로 덮자, 이번엔 솥 속에도 양물이 가득 찼다. 그래서 그
것을 우물에 던졌는데, 우물 안에도 양물이 가득했다. 온
집안을 가득 메운 양물은 이리 뛰고 저리 뛰고 야단이었
다. 이에 과부는 스스로 과욕을 뉘우치게 되었다고 한다.

미음을 입 대신 코로 먹은 사연

　　　　　음사를 최고의 놀이로 생각하는 어떤 여
인이 있었다. 그녀의 평생소원은 양물이 큰 남자와 자는
것이었다. 옛말에 코가 크면 양물 역시 크다는 말을 듣고
지금까지 그런 남자를 고르고 있었다. 하지만 그런 사람이
좀처럼 나타나지 않아 고민에 빠져있었다.
　때마침 오늘이 앞마을의 장날이었다. 그녀는 문득 '장날
은 많은 사람이 모이는 곳이다. 그곳에는 반드시 코큰 사
람이 있을 것이다.'라고 생각했다. 아침 일찍부터 장처로
나가서 오가는 사람들의 코만 쳐다보았다. 하지만 하루 종
일 기다려도 좀처럼 그런 사람이 나타나지 않았다. 실망한
그녀는 해가 서쪽으로 넘어가자 쓸쓸히 집으로 발길을 돌
리는 순간이었다. 행색이 궁핍한 삿갓 쓴 농부가 술이 곤
드레만드레가 되어 갈지之자로 걷고 있었다. 그녀가 그 농
부의 얼굴을 쳐다보는 순간 입이 떡 벌어지고 말았다. 얼
굴엔 주먹만 한 코가 높이 솟아있었다.
　그 순간 그녀의 얼굴에 희색이 돌면서 '헉! 이 사람은 반
드시 양물도 크겠구나!'라고 중얼거렸다. 그러면서 갓은

교태를 부린 그녀는 자기 집으로 농부를 데려갔다. 곧바로 종년을 시켜 상다리가 휠 정도의 진수성찬을 내오게 해 대접했다. 그녀는 이제야 소원을 풀 수 있다는 생각에 너무나 기뻤다. 얼마 후 술상이 물러가자 비단금침이 깔려지고 그녀의 옷고름과 치마끈이 풀어지면서 황밀 촛불이 꺼졌다. 이윽고 그녀의 거친 입김과 함께 남자의 귀에 다가가 속삭이고 있었다.

"쇤네가 오늘을 얼마나 기다렸는지, 얼마나 고민했는지 아시겠어요? 서방님 같은 분을 만나기 위해 오늘 하루 종일 장터에 있었습니다."

그녀의 말투에서 농부는 자신이 알지 못하는 무슨 곡절이 있는 것 같았다.

"그렇습니까. 그런데 수많은 사람들 중 왜 저 같은 빈천한 사람을 선택했습니까? 사연이나 들어봅시다."

"그건 묻지 마세요. 장차 두고 보면 알 것입니다. 어서 바지나 벗으세요."

그녀의 몸은 달아올라서 떨고 있는 것처럼 느꼈다. 이에 농부도 잇달아 정욕이 치솟아 불꽃처럼 타올랐다. 드디어 정사가 시작되는 순간 그녀의 불만은 이만저만이 아니었다. 다듬이 방망이처럼 큰 양물을 생각했는데, 아이들처럼 작았고 게다가 섰다가 제풀에 죽기 일쑤였다. 이에 비해 벼르고 벼르던 그녀의 욕정은 불꽃처럼 타올라 막을 수가 없었다. 한편으로 그녀는 분하기도 했다. 그녀는 혼자 '찾고 찾던 코큰 자식의 양물이 이 모양이란 말인가. 코 값도 못하는 것이… 아휴~ 분해죽겠네.' 라며 중얼거리다가 '아~, 그놈의 코로 해보자.' 라는 묘안이 머리를 스쳤다.

계집은 슬그머니 자세를 69식으로 바꿨다. 그러자 남자는 영문도 모르고 그대로 따랐던 것이다. 그녀는 남자의 코 위에다 음부를 갖다놓고 비비다가 자신도 모르게 안으로 집어넣고 말았다. 코가 아랫도리에 붙어있는 양물보다 훨씬 좋았다. 갑작스럽게 당한 남자는 피할 길이 없었다. 음부에서 넘치는 물은 수염을 묻힌 다음 그녀의 엉덩이까지 흘러내렸다. 극치의 무아지경에 이른 그녀는 젖 먹던 힘까지 발휘해 비며대면서 이리저리 뒹굴었다. 그녀의 음부에서 나오는 끊임없는 물은 농부의 콧구멍과 입을 막는 바람에 의식을 잃고 말았다.

그때 저 멀리서 새벽을 알리는 닭이 울었다. 비로소 제 정신을 차린 그녀는 몸을 돌려 농부의 얼굴을 보았다. 농부의 머리와 얼굴을 비롯해 상체는 우유 빛 액체로 도배되어 있었다.

"여보시오! 여보시오!"

그녀가 남자의 몸을 이러 저리 흔들면서 불렀지만 꼼짝도 하지 않았다. 그녀는 스스로 사람을 죽였다는 죄책감에 빠져 겁이 났다. 혼자 힘으로 갖다버릴 수도 없었고 집에 둘

수도 없었다. 그때 문득 막둥이 어미가 생각났다.

'그년은 종년이라 후하게 대접해 죽은 놈을 수레에 실고 멀리 가라고하면 되겠구나.'

이렇게 생각한 그녀는 얼른 옷을 입고 막둥이네 집으로 향했다. 그녀가 나간사이 정신을 차린 농부는 이리저리 살폈지만 아무도 없고 혼자였다. 더구나 자신의 얼굴과 상체는 온통 끈적끈적한 액체로 범벅이 되어 있었다. 그 순간 어젯밤의 일들이 주마등처럼 스쳐지나갔다.

'네 이 년을! 그 화냥년이!'

이렇게 중얼거린 농부는 두리번거리면서 두 번 다시 어제 같은 일을 당하면 제명에 죽지 못할 것 같아 도망치려고 옷을 입었다. 그리고 뒤도 돌아보지 않고 도망쳤는데, 먼 산에는 아침 해가 떠있고 들에는 한두 사람의 농부들이 보였다. 농부는 어제의 일이 망상처럼 자꾸 떠오르자, 떨쳐 버리려고 설레설레 머리를 흔들었다. 이때 알고 있는 사람이 농부와 마주치면서 이렇게 말했다.

"허~ 어제 내외간에 싸움했나? 아주머니가 미음은 뿌렸군, 그래."

농부는 아무런 변명도 못하고 그저 코만 킹킹거리며 당황해 했다. 그러자 아는 사람이 한소리 더 거들었다.

"아, 이 사람아. 미음을 입으로 먹지 코로 먹었나? 왜 코는 킹킹거리는가."

어리석은 신랑의 무모한 행동

어느 시골에 몹시 어리석은 신랑이 살고 있었다. 그는 친구들이 장가가서 즐기는 방사나 여자의 옥문이 어디에 있고 무엇에 쓰는 것도 몰랐다. 어느 날 어리석은 신랑은 친구들에게 그것들에 대해 물었다.

"여보게, 옥문이 어디에 붙어 있으며 무엇에 쓰는 것인가?"

그의 물음에 친구는 어이가 없는 표정으로 말했다.

"야! 옥문도 모르고 재미도 모르면서 왜 장가를 갔어? 네 신부가 불쌍하구나. 오늘 단단히 한턱낸다면 상세하게 가르쳐주겠다."

"그럼, 당연한 것 아닌가."

"약속했네. 자네 귀를 좀 빌리겠네. 옥문은 송편처럼 생겼고 그 언덕위에는 검은 털이 돋아있지. 그리고 송편의 갈라진 틈은 붉고 그 가운데는 구멍이 있어. 그 구멍에 너의 연장을 깊숙이 넣어보면 맛을 알게 될 것이야. 그것이야말로 신선이 되어 학을 타고 푸른 하늘을 날아다니는 것보다 더 맛있다네."

조선시대의 해학과 육담 한국의 야담(野談) ·

"그런가? 정말 고맙네. 자네의 은혜 반드시 갚겠네."

그 다음날 달빛이 희미하게 비치는 밤에 신랑의 가슴은 방망이질했다.

'오늘밤엔 기필코 그놈의 옥문을 반드시 찾아서 세상에 둘도 없는 재미를 봐야겠어.'

이렇게 중얼거린 그는 마음을 단단히 먹고 처가 자고 있는 안방으로 들어갔다. 안방에는 친구가 말한 대로 언덕위에 검은 털이 돋아있고 송편처럼 생긴 것의 틈은 붉은 색이었다.

'아! 이것이 바로 옥문이로구나. 어서 내 연장을 구멍으로 넣어봐야겠구나.'

눈을 살며시 감고 천천히 구멍에 연장을 넣었다. 하지만 친구가 말한 것처럼 맛은커녕 아무런 반응이 없었다. 그는 처의 옥문이 아닌 장인의 입으로 양물을 밀어 넣었던 것이다. 이에 장인은 숨이 막혀 몸부림치자, 겁을 먹은 신랑은 연장을 빼고는 부엌으로 도망쳐서 반상 밑에 숨었다. 한숨을 돌린 장인은 깜짝 놀라 계집종을 불러 꾸짖었다.

"이년아, 간 고기를 어디에다 두었기에 고양이가 물고 갔느냐? 고양이가 간 고기를 물고 내 입 위를 지나갔다. 어서 고양이를 잡아라!"

장인은 계집종과 함께 큰 막대기를 손에 쥔 다음 이리저리 찾아다녔다. 마침내 부엌에 도착한 장인은 손을 소반

밑으로 넣었다가 신랑의 귀두를 만지게 되었다. 귀두는 아직 침이 마르지 않았기 때문에 손에 크림이 묻었다.

"이년들아! 내일 아침 국은 먹지 않겠다. 젓갈단지마개를 닫지 않아 냄새가 지독하구나."

위기를 넘긴 신랑은 다음날 또다시 그 친구들을 찾아가 따졌다.

"나한테 술 얻어먹고 나를 이렇게 속여! 어젯밤 실험했는데, 자네가 얘기해준 것과는 전혀 딴판이었어."

이 말을 들은 친구들은 어이가 없었다. 더구나 어떻게 가르쳐야만 그를 이해시킬 것인지 고민했다. 골똘히 생각하다가 이렇게 말했다.

"빛깔에도 차이가 있다네. 오늘은 더 붉은 것을 찾아서 넣어보게."

그날 밤 신랑은 어젯밤보다 더 붉은 것을 찾았다. 그는 속으로 흥분을 감추지 못하고 중얼거렸다.

"허~ 바로 저것이구나."

옷을 홀라당 벗고 기어가서 붉은색 한가운데로 양물을 집어넣었다.

"앗! 뜨거."

신랑은 외마디소리와 함께 용수철이 튀는 것처럼 뒤로 넘어졌다. 이날도 구멍을 잘못 찾았던 것이다. 그것은 계집종들이 다리미질하다가 남은 숯불이었다. 불에 덴 양물의

쓰라림을 견디지 못해 양손으로 잡고 뒤뜰로 달려가 월계화에 비벼댔다. 그러자 불에 덴 양물 상처에 월계화 꽃잎이 빼곡히 붙었다. 다음날, 신랑은 헛간으로 들어가 양물을 움켜쥐고 누른 꽃잎을 떼어내고 있었다. 이때 갑자기 장모가 들어오다가 그 꼴을 보고는 신랑을 불렀다. 하지만 신랑은 깜짝 놀라며 쏜살같이 도망을 쳤다. 이에 장모는 어처구니가 없어 장인에게 이렇게 말했다.

"옛말에 남의 자식을 귀여워하는 것은 모두 헛된 것이라는 말이 옳은 거서 같습니다. 내가 헛간 앞을 지나다가 신랑을 보았는데, 그놈이 꾀꼬리를 잡아서 털을 뜯고 있었습니다. 그래서 우는 애기를 주라고 불렀는데, 그것이 뭐가 아깝다고 손에 쥐고 도망치더군요."

라면서 한탄했다고 한다.

웃지 못 할 거울이야기

　　　　어느 산골에 살고 있는 여자가 청동경이
보름달처럼 둥글다는 말을 듣고는 갖고 싶어 했다. 하지만
기회를 얻지 못한 채 몇 년이 지난 어느 보름날, 남편이 서
울로 가게 되었다. 그녀는 거울의 이름을 잊어버리고 남편
에게 생김새를 설명했다.

"서울 저자에 가면 지금 하늘에 떠있는 저 보름달처럼 생
긴 물건이 있다고 합니다. 저를 위해 선물해주세요."

하면서 달을 가리켰다. 남편은 며칠이 지난 후 서울에 도
착했는데, 달은 이미 반으로 줄어들었다. 남편은 반달을
쳐다보면서 그와 똑같은 물건으로 참빗을 구입해 집으로
돌아왔다. 그때의 달은 또다시 둥근 보름달이 되어 있었
다. 남편은 참빗을 아내에게 주면서 이렇게 말했다.

"서울 달처럼 생긴 물건은 이것밖에 없었소. 내가 비싼 값
을 치르고 사왔소."

이에 그녀는 자신이 원하던 것이 아니었기 때문에 보름달
을 가리키며 남편을 원망했다.

"아니, 이것이 어떻게 보름달과 같습니까?"

"서울 달은 이것과 똑같았는데, 시골 달과 모양이 다른 것
이 이상하오."

또다시 청동경을 사기 위해 보름달이 뜰 무렵 서울에 도
착해 하늘을 쳐다봤다. 그래서 둥근 거울을 사서 부인에게
주었다. 이들 부부는 거울이 얼굴을 비추는 물건이라는 것
을 알지 못했다. 거울을 보는 순간 부인은 깜짝 놀랐다. 남
편 곁에 어떤 여자가 앉아있는 것이 아닌가. 처음 보는 거
울이기 때문에 부인은 자신의 얼굴이 어떻게 생긴 것인 줄
몰랐다.

"서울에서 새 부인을 사서 왔구려!"

라면서 부인은 화를 냈다. 그러자 이상하게 생각한 남편
이 거울을 들여다보았다. 아내의 곁에 웬 사내가 앉아있는
것이었다. 그 역시도 거울을 몰랐기 때문에 이렇게 오해를
했다.

"내가 며칠 집을 비운 사이에 다른 남자를 불러들여!"

부부는 심하게 다투다가 거울을 들고 관가를 찾아가 서로
가 부정을 고발했다. 먼저 부인이 말했다.

"남편이 서울에 갔다 오면서 새 여자를 얻어서 왔습니
다!"

그러자 남편은 아내를 탓했다.

"내가 집을 비운 사이 간부를 얻었습니다!"

이렇게 부부가 심하게 다투자 고을원님이 외쳤다.

"여봐라! 그 거울을 이리 가지고 오느라."

거울을 받아 쥔 원님 역시 자신의 얼굴을 본 적이 없었다. 거울을 들여다보는 순간 어떤 사람이 자신과 똑같은 의관을 차려입고 앉아있었다.

"허~ 신관新官이 왔구나!"

라면서 방자를 불렀다.

"여봐라! 교대할 원님을 벌써 오셨다. 어서 빨리 인을 봉해라!"

라는 명을 내리고 곧바로 동헌을 떠났다.

중의 축원기도에 커진 양물

어느 시골 중이 서울의 빼어난 경치에 대해 귀가 아프도록 들었다. 얼마 후 중은 송기떡과 깨 밥을 싼 다음, 남문에서 동으로 순행해서 서쪽으로 사직뒷길에 도착했다. 이때 이미 날이 저물어 인경 칠 때가 가까워졌다. 하지만 서울에 연고가 없는 시골 중은 밤에 순라군에게 붙잡힐 염려가 있었다. 그래서 어느 재상집 뒤 행랑채 굴뚝 옆에 숨어서 파루(통행금지를 해제할 때 치는 종) 칠 때를 기다렸다. 밤이 점점 깊어져 삼경이 되면서 적막이 흐르는 가운데, 행랑방에서 사내가 처에게 말했다.

"우리부부가 매일 밤마다 관계했지만, 결국 정혈精血만 허비했소. 더구나 자식 하나 얻지 못한 것도 이해가 되지 않소. 내 생각에 명산에 기도하지 않고 관계했기 때문이오. 지금부터라도 원하는 것을 얻기 위해 지극정성으로 기도드립시다."

이 말을 들은 부인이 대답했다.

"진작 그렇게 할 것을…. 당신 소원은 어떤 아들딸을 원하세요?"

"풍채가 좋고 지략이 많은 건강한 남자를 낳아 길이 후한 녹을 받는 관청에서 일하고 쌀도 많고 돈도 많은 남자를 원하오."

"당신의 소원은 어떤 것이오?"

"얼굴이 아름답고 영리한 여자로 길이 돈이 많으며 시부모가 없는 집의 며느리가 되는 것입니다. 그래서 돈 쓰기를 물처럼 하고 친정집에도 혜택이 미치게 하는 여식아이를 원합니다."

부부가 큰 소망을 성취하기 위해 남편은 양물을 크게 일으켜 구멍에 꽂고 다시 수건으로 손을 씻고 이렇게 경축했다.

"성조도감신령전成造都監神靈前에

대마구종조성지원大馬驅從造成之願이오.

색장구종色掌驅從 조성지원이오.

행수사령行首使令 조성지원이오.

인배사령引陪使令 조성지원이오.

고직방직庫直房直 조성지원이오.

기총대총旗摠隊摠 조성지원이니,

이로부터 원을 따라 조성조성造成造成 할지어다."

이어서 여자가 따라서 대대를 지어 축원했다.

"삼신점지三神點指로

제석전수청시녀점지지원帝釋前隨廳侍女點指至願이오.

선정각시善釘閣氏 점지지원이오.

전갈비자傳喝婢子 점지지원이오.

찬색저아饌色姐娥 점지지원이오.

아지유모阿只乳母 점지지원이오.

모전분전말루하毛塵粉塵抹樓下 점지지원
이오.

의녀무녀醫女巫女 점지지원이오.

수모중매首母仲媒 점지지원이니,

한번 양정陽精을 받아 원을 따라 점지하소서.”

중이 창구멍을 뚫고 엿보았는데, 부부의 해괴망측하고 음
란 질탕한 형상을 차마 눈뜨고 볼 수가 없었다. 이때 중은
자신의 양물이 크게 일어나자 손으로 어루만지면서 축원
했다.

“나무아미타불. 불전인도화상출생지원佛前引導和尙出生至願
이오.

법고화상法鼓和尙 출생지원이오. 바라화상출생지원이오.
대사수승大師首僧 출생 지원이오. 총섭승장總聶僧將 출생지
원이니, 어찌 홀아비 중이 혼자 남자를 낳으며, 어찌 홀아
비 중이 혼자 여자를 낳겠습니까? 이것은 아미타불도 할
수 없는 것이고 관음보살도 할 수 없는 것입니다. 아난가
섭阿難迦葉에 일석인연으로 생남 생녀했다는 일을 내 아직
듣지 못했습니다. 방중시주양위부처放中施主兩位夫妻는 음양

배합에 가히 축원하는 바가 있지만, 문밖의 객승은 상하독
두上下禿頭에 아직 아름다운 짝이 없어서 어찌할 수가 없습
니다."
 중의 축원이 끝나는 순간 창호지가 찢어지면서 어느 새 양
물이 방안으로 들어갔다. 이를 본 부부가 놀라면서 축원소
리가 멈추고 말았다.

교활한 놈에게 속아서
딸을 빼앗긴 아버지

먼 옛날 길고 오래된 이야기를 좋아하
는 부자가 살고 있었다. 그에게는 사랑하는 외동딸이 있었
는데, 시집갈 나이가 되어 사윗감을 고르기 시작했다. 그
래서 그는 결혼조건을 내세웠다.

"필히 옛날이야기를 장시간 하는 사람을 사위로 삼겠다."

그의 제안에 수많은 사람들이 소문을 듣고 모여들어 시험
했는데, 하나같이 얘기가 길지 못해 불합격 당했다. 이때
교활하고 남을 잘 속이는 자가 주인영감을 찾아와 말했다.

"제가 고담에 능합니다. 너무 길어서 끝이 없는데, 시험
삼아 한번 들어보시겠습니까?"

그러자 주인영감이 눈을 반짝이며 말했다.

"원래 이것으로 사윗감을 고르려고 한다. 그럼 시작해보
아라."

"영감님께서 이야기가 끝나지 않고 여러 날이 되어도 괜
찮겠습니까?"

"그건 걱정하지 말게. 난 길면 길수록 좋은데, 그대의 얘
기가 길지 못할까 두렵다네."

그 교활한 놈이 이야기를 시작했다.

"먼 옛날 많은 중국 놈들이 말을 타고 쳐들어 왔는데, 백만 정병이 그들을 막지 못했습니다. 그때 조정에서 이를 막을 사람으로 모毛씨 성을 가진 사람이 천거되었습니다. 모대신은 조정 대신들에게 이렇게 말했습니다.

'오늘계획은 여러 대代가 지난 자손을 구해 병정을 삼아서 막겠습니다.'

그러자 조정대신들이 물었습니다.

'왜 그런 사람이 필요한 것입니까?'

이에 모대신은 이렇게 설명했습니다.

'자성은 서성鼠姓을 말합니다. 옛날 황제가 충우를 정벌했을 때 여러 마리의 쥐떼가 적의 활줄을 끊어 승리했습니다. 황제가 쥐들에게 공훈으로 상갑上甲에 명했습니다. 고려가 홍건적을 칠 때도 평양의 쥐들이 적의 활줄을 끊는 바람에 적이 섬멸되었습니다. 이런 공훈으로 사당을 지어 지금까지 제사지내고 있습니다. 오늘의 평화는 자성들이 아니면 있을 수가 없었답니다.' 이렇게 말한 모대신은 쥐 한 마리를 대장을 명한 다음 격문을 팔도 쥐들에게 알리고, 속히 약속한 기일에 모이라고 했습니다. 이윽고 기약한 날에 여러 쥐가 함께 모인 자리에서 대장 쥐가 명을 내렸습니다.

'여러 쥐들은 차례로 점호한 다음 단상에서 부르는 령을

들어라!'

대장 쥐의 명이 떨어지자 뒤에 있던 쥐가 앞에 가는 쥐의 꼬리를 물고 나아가 일제히 응했습니다. 그래서 대장 쥐가 물고… 물고… 물고… 물고… 물고….

교활한 놈의 입에서 나오는 물고라는 말이 끝날 생각도 없이 계속되었다. 이 소리가 7일이 지나도 계속되자 주인 영감이 지루해서 물었다.

"이 사람아, 아직 몇 마리의 쥐가 남았는가?"

"지금 온 쥐들은 겨우 한 고을의 쥐입니다. 한 도의 쥐가 모이려면 아직 멀었답니다. 더구나 팔도의 쥐들을 모두 이곳으로 오려면 아직 멀었습니다."

"길기는 길다. 하지만 똑같은 말이기 때문에 별로 재미가 없구나."

"영감님, 이야기 끝에는 기가 막힌 이야기가 있습니다. 그렇지만 아직 쥐들이 모두 도착하지 않았습니다."

교활한 놈이 멈추지 않고 계속하자, 주인영감은 긴 이야기로 인정하면서 말했다.

"이제 그만 그쳐라!"

주인영감은 약속을 어기지 못하고 그를 사위로 삼았는데, 가끔 사위에게 옛날이야기를 들려달라고 하면 매번 물고였다. 이를 두고 사람들은 주인영감과 사위를 장담옹長談翁과 물고랑勿古郎으로 불렀다고 한다.

정대감의 흉계를 이겨내고 부자가 된 머슴

먼 옛날 평안도의 작은 고을에 토박이 양반 정대헌鄭大憲이 살고 있었다. 그는 선대로부터 물려받은 재산도 넉넉하고 글귀도 밝아 사람들은 그를 정대감으로 불렀다.

정대감 집에는 머슴들이 많이 있었는데 그중에서 양극대楊克大란 젊은이가 있었다. 그는 상놈의 집에서 태어난 일자 무식꾼의 아들이지만 영리하기란 이루 말할 수가 없다.

늙은 정대감은 편안하게 여생을 보낼 생각을 하지 않고, 얼굴이 반반한 여자가 있으면 무조건 논마지기 얼마간을 떼어주고 소실로 들인 여자가 자그마치 열 명이나 되었다. 하지만 이것도 모자라 자신의 머슴 양서방의 처 옥분玉粉에게 욕심을 품게 되면서 모양새가 해괴망측하게 돌아갔다.

정대감이 옥분에게 욕심을 가지게 된 것은 그녀의 얼굴이 아름다웠고 몸매 또한 S라인이었기 때문이다. 그런 그녀를 아침저녁으로 보는 순간순간 자신도 모르게 끓어오르는 정욕을 억제할 길이 없었다. 이에 그는 언젠가는 자신

의 손아귀에 넣겠다고 결심했다.

　시간이 흘러 함박눈이 내리는 어느 추운 겨울날 새벽, 정대감은 일어나기가 무섭게 머슴 양서방을 불렀다.

　"이 보게 양서방. 내가 지금 육순인데 몸이 점점 허약해지는 것 같아 걱정이네. 그래서 보약이 필요한데, 오늘 깊은 산으로 들어가 딸기 서 말 서 되를 따왔으면 좋겠네."

　정대감의 말에 양서방은 공손하게 대답했다. 이에 정대감은 한술 더 떠서 그와 약속했다.

　"자네가 딸기 서 말 서 되를 따오면 내가 가지고 있는 재산절반을 주겠네. 하지만 따오지 못할 경우엔 자네가 가지고 있는 것 중 무엇이든 하나를 나에게 줘야한다네."

　"마님, 알겠습니다요."

　"예를 들면 자네 처라도 내가 원한다면 줘야한다네."

　"네, 마님. 분부대로 하겠습니다."

　정대감은 자신의 뜻대로 실행되는 것 같아 마음이 흡족해 노자에 쓰라며 돈 스무 냥을 주었다. 이에 양서방은 정대감의 엉큼한 생각에 근심스러움 없이 돈을 받았다. 방을 물러나온 양서방은 곧바로 자신의 처 옥분을 만나 귓속말로 몇 마디 일러주고 길을 떠났다.

　며칠이 지난 새벽, 산으로 딸기를 구하러 간 양서방이 돌아와 정대감에게 갔다.

　"대감마님, 양서방입니다."

"그래? 딸기는 따왔느냐?"

"딸기를 따려고 깊은 산중을 헤매다가 한 곳에 도착했는데, 딸기가 많이 있더군요. 그래서 딸기를 막 따려는 순간 독사들이 몰려와 하마터면 물려 죽을 뻔했습니다요."

"뭐라고? 이놈이 거짓말을 하는구나. 동지섣달 눈 오는 겨울에 웬 뱀이 있단 말이냐?"

"그렇다면 대감마님께서 말씀하신 동지섣달에 웬 딸기였습니까?"

"…"

정대감은 입맛이 썼다. 해서는 안 될 말을 자신이 먼저 끄집어낸 실수를 저질렀기 때문이었다. 더구나 겨울철에 딸기를 구한다는 것도 양서방을 속이기 위해 오랫동안 머리를 써서 짜낸 것이었다. 그런데 이것이 허사로 돌아갔기 때문에 화가 났고, 더구나 돈 스무 냥까지 아까웠다. 하지만 이것으로 쉽게 포기할 정대감이 아니다.

겨울이 지나고 봄이 찾아오자 정대감 맏아들인 현상賢相이 서울로 과거를 보러 떠나게 되었다. 그래서 나귀에 책과 돈을 싣고, 양서방을 딸려 보냈다. 정대감은 아들 현상이 떠나려고 할 때 아들을 불러 조용히 타일렀다.

"양서방은 내 말도 듣지 않고 우리 집에서 전혀 쓸모없는 사람이다. 그래서 나와 한 집에서 도저히 살 수가 없다. 네너에게 부탁하건데, 서울로 올라가다가 양서방을 큰물에

밀어 넣어 죽여라. 그래야만 내가 마음 놓고 편히 살수가 있을 것이다."

"네, 아버님 말씀대로 따르겠습니다."

양서방은 부자지간에 무서운 언약을 모른 채 오랫동안 아내와 헤어지는 것보다 화려한 서울을 구경한다는 생각에 마냥 기쁘기만 했다. 그래서 아내 옥분의 작별인사를 받는 둥 마는 둥하면서 서울로 길을 떠났다.

서울로 가는 길은 멀고도 멀었다. 현상은 과거보다 오로지 아버지의 명을 어떻게 성공시키느냐에 신경을 곤두세우고 있었다. 그래서 현상은 며칠을 걸으면서도 양서방과의 대화가 전여 없었다. 그러나 양서방은 이런 사실을 모른 채 사방경치에 눈이 팔려 기분이 상쾌할 뿐이었다.

얼마 후 이들은 안주安州의 청천강淸川江에 도착했다. 강을 건너 안주로 들어가 주막을 정해도 해가 넉넉한데, 현상은 굳이 경치가 좋다며 강가에서 하룻밤을 묵자고 했다. 아직까지 초봄이라 밤에는 찬기가 강한데도 불구하고 현상이 우기는 바람에 양서방도 어쩔 수가 없었다.

양서방은 저녁을 먹지 못해 시장하기가 들어도 푸른 물이 세차게 흐르는 언덕에서 별을 바라보며 하룻밤 묵는 것도 괜찮다고 생각했다. 이때 현상은 나귀를 언덕 버드나무에 매어놓고 책과 돈을 가져오게 했다. 그런 다음 현상은 머리를 책과 돈이 있는 쪽으로 두고, 발을 물 흐르는 쪽으로 향하게 누웠다. 그리고 양서방을 자신의 발밑에서 물 흐르는 쪽과 같게 해서 자라고 했다. 이에 양서방은 이상한 낌새를 알아차리고 현상이 시키는 대로 누워 잠을 자는 척했다.

시간이 지난 후 양서방은 몰래 일어나 현상의 머리맡에 있는 책과 돈 꾸러미를 자신의 자리와 바꿔치기 한 다음 동정을 살폈다. 그때 코를 골면서 자고 있던 형상이 기지개를 펴는 척 하면서 자신의 발밑에 있는 것을 힘껏 찬 것이었다.

'첨벙!'

어떤 물건이 강물 속으로 떨어지는 소리였다. 곧바로 적막이 흐르다가 아침이 밝았다. 눈을 비비고 일어난 현상은 책과 돈이 없어진 것과 마땅히 죽어 없어져야할 양서방이 자고 있는 것도 놀랐다. 현상은 급히 양서방을 깨웠다.

"이보게, 양서방. 어서 일어나게. 도대체 어찌된 일인가?"

"무엇 말입니까?"

"돈과 책이 모두 없어졌단 말일세."

"아~, 간밤에 언덕 위에 갖다놓은 귀중한 책과 돈을 도둑맞을까봐 도련님 발밑으로 옮겨놓았습니다. 그런데 도련님께서 잠결에 그것을 강물로 차 넣은 것 같네요."

분하고 한편으로 기가 막혔다. 책이 없으면 과거 공부도 어렵고 더구나 서울은 아직까지 수백리가 남았기 때문에

돈 없이는 한 발짝도 움직일 수가 없었다. 진퇴양난인 현상은 나귀를 타고 안주로 들어갔다.

지난밤에 요기를 못했기 때문에 찾아오는 허기까지 참을 수가 없었다. 현상은 주머니에 든 몇 푼으로 양서방과 함께 식사하기엔 부족했고, 귀중한 돈과 책을 잃게 한 그가 미워 함께 밥 먹기도 싫었다. 그래서 현상은 주막집이 빤히 보이는 골목에서 갑자기 멈춘 다음 양서방에게 말을 했다.

"이보게 양서방, 이대로는 우리가 움직일 수가 없다네. 그래서 읍내로 들어가 친구를 만나고 올 테니, 자네는 이곳에서 나귀고삐를 붙들고 반드시 눈을 감고 기다리고 있게나."

현상이 양서방에게 눈을 감으라고 한 것은 선비처지에 혼자 밥을 사먹는 것이 미안했기 때문이었다.

"그럽지요."

양서방은 현상이 시키는 대로 나귀고삐를 붙들고 눈을 감았고, 이를 확인한 현상은 주막집으로 걸어갔다. 양서방이 눈을 살그머니 뜨자, 현상이 혼자 주막집으로 들어가는 게 보였다.

'네가 그렇게 나온다면 나에게도 방법이 있지.'

이렇게 중얼거린 양서방은 사방을 돌아보던 중 때마침 노인 한명이 지나가고 있었다.

"오보시오, 노인장!"

"나요?"

"네, 저는 평안도 사람인데 서울로 가던 중 노자가 떨어져서 어쩔 수 없이 나귀를 팔아야 합니다. 급매라서 비싸지 않습니다. 사시겠습니까?"

"급매라면 얼마요?"

"그냥 열 냥만 주시면 됩니다."

그러자 노인은 나귀가 아무리 못해도 스무 냥짜리는 되는 것 같은데, 열 냥이라는 말에 선뜻 사버렸다.

"그 대신 노인장 한 가지 청이 있다오. 나귀고삐를 한 뼘만 잘라서 주시오."

"왜, 그러시오?"

"팔기가 너무 아까워서 그럽니다."

노인은 허리춤에서 칼을 꺼내 나귀고삐를 한 뼘을 잘라 양서방에게 주고 나귀를 몰고 급히 사라졌다. 양서방은 열 냥을 챙긴 다음 한 뼘의 나귀고삐를 손에 쥐고 눈을 감고 서 있었다. 얼마 후 현상은 홍조가 된 얼굴로 주막집을 나와 양서방 쪽으로 걸어왔다.

"양서방, 나귀는 어디에 있는가?"

"여기 있습니다."

양서방은 눈을 감은 채 고삐를 내밀었다.

"고삐 말고 나귀가 어디에 있냔 말이야!"

"여기 있지 않습니까? 도련님!"
여전히 눈을 감고 고삐를 쥔 손을 흔들었다.
"양서방! 눈을 똑바로 뜨고 보란 말이야!"
현상이 소리를 지르자, 그제야 눈을 뜬 양서방은 놀라는
척했다.
"아니, 도대체 어떻게 된 일이지? 어떤 못된 놈이 나귀고
뼈만 자르고 나귀를 훔쳐간 것 같습니다. 도련님께서 눈을
감으라는 말만 없었다면 이렇게 되지 않았을 것인데…."
현상은 점점 양서방이 미워지면서 싫어졌다. 더구나 그에
게 속은 것이 분했지만 그렇다고 당장 죽일 수도 없었다.
더구나 그와 함께 서울까지 동행할 수도 없었다. 왜냐하면
그와 함께 있다간 또 무슨 봉변을 당할지 알 수 없었다. 그
래서 어쩔 수없이 그냥 집으로 돌려보내기로 맘먹었다.
"네가 너의 행동을 생각하면 지금 당장 죽일 수도 있지만,
네 인생이 불쌍해 그냥 돌려보내는 것이다. 곧장 집으로
돌아가거라."
"도련님 혼자 어떻게 갈 수 있겠습니까?"
"내 걱정은 말아라!"
현상은 양서방을 돌려보내면서 그동안의 사연을 적어 아
버지에게 전하려고 지필묵을 꺼냈다. 문득 현상은 양서방
이 이것을 가지고 또 무슨 일을 꾸밀지 알 수가 없었다. 그
래서 고민하다가 그를 불러 옷을 벗게 한 다음 돌아서게

했다. 현상은 붓에 먹을 찍어 양서방의 등에 이렇게 적었다.

'이놈 때문에 책과 돈을 잃고, 나귀까지 잃었습니다. 집에 돌아가는 즉시 죽여 버리시면 됩니다.'

"집에 돌아가는 즉시 대감마님을 뵙고 네 등에 쓴 글을 보여드려라."

"알겠습니다."

현상은 서울로 떠났고 양서방은 집으로 향했다. 양서방은 서울구경을 하지 못한 것이 아쉬웠지만 어쩔 수 없었다. 한참을 걸어오다가 문득 자신의 등에 쓰인 글이 몹시 궁금했다. 분명 자신을 칭찬하는 글이 아닌 것이 뻔했고, 이대로 집으로 돌아가면 어떤 처분을 받을 지도 몰랐다. 그래서 글을 알아보는 사람을 찾던 중 스님을 만났다.

"대사님. 청이 있습니다."

"말씀해보시지요."

"제 등에 적힌 글 내용이 무엇인지 말씀해주십시오."

"이런저런 내용입니다."

"닷 냥을 부처님께 공양하는 대신 글을 지우고, 제가 부르는 대로 써 주십시오."

"그러지요."

대사가 먹과 붓을 준비하자, 양서방은 이렇게 적어라고 했다.

"양서방으로 인해 잃을 책과 돈을 얻었고 잃을 나귀를 얻었습니다. 그가 도착하는 즉시 기와집 한 채와 논밭을 주어 잘 살게 해주십시오."

양서방은 닷 냥을 대사에게 주고 빠른 걸음으로 집으로 돌아와 무조건 등을 내보였다.

"아니, 서울은 어떻게 하고…, 뭐야? 잃을 책과 돈을 얻고, 나귀를 얻어?"

글을 본 정대감은 그가 죽었다고 믿고서 옥분을 소실로 맞아들이려고 했는데, 모든 것이 수포로 돌아가자 어찌할 바를 몰랐다. 그러나 정대감은 아들의 말을 듣지 않을 수가 없었다. 결국 양서방은 큰 기와집과 받은 논밭을 가꾸며 미인 아내와 함께 행복하게 살았다.

양서방이 행복하게 살 무렵 과거에 낙방한 현상이 집으로 돌아왔다. 그런데 길옆에 지금까지 보지 못했던 큰 기와집을 보았다. 현상이 내용을 알아본즉 눈이 뒤집힐 소리를 들었다. 더 이상 참을 수 없다고 생각한 그는 부친 정대감에게 말하고, 힘깨나 쓰는 하인을 시켜 양서방을 잡아왔다. 현상은 그를 오랏줄로 묶고 세 겹으로 된 무명 자루에 넣었다. 또다시 자루주둥이를 묶어 꼼짝 딸싹 하지 못하게 한 다음, 앞산 밑에 있는 큰 연못에 버리게 했다.

양서방은 꽥소리도 못하고 죽을 판이었다. 앞산 밑 연못

가에 도착한 하인들은 양서방을 넣은 자루를 내려놓으면
서 이렇게 말했다.

"여보게 양서방이 무슨 죄가 있겠나. 이 모든 것은 대감마
님의 부질없는 장난에서부터 시작된 것이지. 우리는 도련
님이 시켜서 하는 것이라 거역할 수가 없어서 이곳까지 메
고 왔지만 말이야. 양심상 차마 연못 속으로 던질 수가 없
어. 그래서 저 건너편 버드나무에 매달아놓고 가세나."

"그려, 자네 말이 옳아. 그렇게 하세나."

이렇게 말한 두 하인은 자루를 연못가 버드나무가지에 매
달아놓고 사라졌다.

'이보게들, 고맙네.'

양서방의 외마디소리였다. 살긴 살았지만 막상 자루를 뚫
고 나갈 길이 막막했다. 더구나 갑자기 마누라가 보고 싶
어 두 눈에 눈물이 샘솟듯 했다. 이때 어떤 사람이 버드나
무 밑으로 지나가는데 지팡이 소리가 들렸다. 필경 발자국
소리가 고르지 못해 분명 장님인 것 같았다. 그래서 양서
방은 큰 목소리로 이렇게 외쳤다.

"네 눈 깜깜, 내 눈 번뜩."

이 말을 반복적으로 외우자 장님이 듣고 물었다.

"댁도 장님이오?"

"그렇소."

"내 눈도 뜨게 해주시오."

"아니 되오. 난 초가삼간을 팔아 이것을 사서 이 속에 들어앉아 주문을 외우는 것이 벌써 아흐레째가 되었소. 이제 눈이 떠져서 앞을 보게 되었는데 댁이 누구라고 눈을 뜨게 해주겠소?"

양서방이 생각했던 것과 그대로 맞아떨어졌다. 그래서 신바람이 나서 더 큰 목소리로 주문을 외웠다. 이에 장님은 몸이 달았다.

"이보시오. 내가 듣기로 젊은 사람 목소리 같은데, 당신 눈이 다 떠지면 그 보물을 나에게 팔 수 없소? 내 쉰 냥을 당장 드리겠소."

"좋습니다. 나도 눈이 떠지면 이것이 필요가 없다오."

양서방은 장님의 힘을 빌어서 나뭇가지에서 풀려났고, 아무것도 모르는 장님을 자루 속에 들어가게 한 다음 묶어서 버드나무 가지에 매달고는 쉰 냥을 받아 챙겼다. 그리고 이웃고을 주막으로 갔다. 며칠 후 죽은 줄로 알았던 양서방이 정대감 앞에 나타나 큰 절을 세 번하면서 말했다.

"대감님의 높으신 은혜에 소인은 백골난망입니다. 대감님께서 염려하신 덕분에 용궁에서 푸짐한 대접을 받고 왔습니다."

"뭐이라고? 그것이 사실이더냐?"

"그렇습니다. 대감마님."

"그렇다면 그쪽에서 살 것이지, 왜 벌써 돌아왔느냐?"

"소인은 대감님의 높으신 은혜로 용궁을 구경하고 많은 궁인들의 극진한 대접을 받았습니다. 그래서 대감님과 도련님의 은혜에 보답하고자 모셔가려고 왔습니다."

"기특하구나. 그럼 언제 용궁에 가는 것이 좋겠느냐?"

"내일 묘시에 모셔가기로 궁인들과 약속했습니다."

"알았다."

"허나 다시없는 기회이기 때문에 온 가족과 함께 가는 것이 좋겠습니다."

"그렇지, 그렇지."

"용궁에는 이 세상에 없는 물건이 없지만, 오직 맷돌만 없습니다. 그래서 많은 맷돌을 준비하셔서 식구 한 사람당 하나씩 지고 가는 것이 좋겠습니다."

양서방의 말을 들은 정대감은 하인들을 시켜 식구수대로 하나씩 만들게 했다. 이튿날 아침 일찍 정대감 가족과 양서방 내외는 각각 맷돌 하나씩을 지고 묘시에 열을 지어 앞산 밑 연못가에 도착했다. 이때 양서방은 현상에게 먼저 권했다.

"도련님부터 먼저 들어가시는 것이 좋겠습니다."

"알았네, 그럼 나부터 먼저 가겠네. 아버님 먼저 들어가겠습니다."

현상이 먼저 물속으로 뛰어 들었다. 등에 돌로 만든 맷돌을 지고 있었기 때문에 무서운 속도로 물속으로 사라졌다.

이에 양서방은 손뼉을 치면서 자랑했다.

"대감마님, 저것 보십시오. 도련님께서 벌서 용궁에 도착했을 것입니다."

"호~ 그런가?"

"어서 들어가시지요."

정대감이 맷돌을 진채로 물속으로 뛰어들자, 그 뒤를 따라 며느리, 손자, 손녀 등 차례로 뛰어들고 말았다. 모두 물귀신이 된 것은 말할 필요가 없다. 맨 끝에 옥분이 뛰어들려고 하자 양서방이 말렸다.

"당신 정신이 있는 것이오, 없는 것이오?"

양서방은 옥분을 데리고 집으로 돌아와 정대감의 소실들에게 재산을 나눠주면서 각자 집으로 돌려보냈다. 양서방은 정대감 집과 재산을 차지하고 덩덩거리며 살았다고 한다.

이것이 대체 무엇에 쓰는 물건인고?

시골에 어떤 과부가 살고 있었는데 그녀는 도깨비와 친해지는 것이 소원이었다. 도깨비와 친해지면 무엇이든 소원대로 이뤄진다. 하지만 도깨비와 사이가 좋지 않으면 논밭 곡식이 거꾸로 심어지고, 밤이 되면 집으로 모래나 돌이 날아오는 변괴를 당한다.

그렇지만 쉽게 도깨비와 친해질 수 없기 때문에 기다릴 수밖에 없었다. 그러던 어느 날 밤 과부 혼자 방에 있는데, 도깨비가 이상한 물건을 던져주고 사라졌다. 깜짝 놀란 과부는 그 물건이 큼직한 양물(陽物)이란 것을 알았다. 이에 과부는 이렇게 중얼거렸다.

'도깨비가 외로운 나를 동정하는구나.'

그러면서 그 과부는 그것을 손에 쥐고 들여다보면서 또 중얼거렸다,

'이것은 대체 무엇에 쓰는 물건일까?'

이렇게 혼잣말로 지껄이자 그 양물은 갑자기 건장한 총각으로 변해 과부에게 달려들어 겁간했다. 총각은 일은 치른 다음 또 다시 양물로 되돌아갔다. 과부는 결과에 만족했지

만, 그 신기한 조화에 놀랐다.

 그 후부터 그것이 생각날 때마다 양물을 잡고 재미를 볼 수 있어서 귀한 보물로 생각했다. 그래서 장롱 깊숙이 넣어두었다가 필요할 때가 다시 그것을 끄집어내 쥐고는 '이것은 대체 무엇에 쓰는 물건일까?' 라고 주문을 외웠다. 그러면 총각으로 변해 소원을 풀어주었다. 이후부터 그녀는 새로운 광명을 찾았고 세상에 사는 기쁨을 얻을 수가 있었다.

 어느 날 멀리 볼일이 생겨서 이웃집 과부에게 집을 맡기고 떠났다. 그녀는 무료한 나머지 그 집 과부의 살림살이를 구경하기 위해 이곳저곳을 뒤졌다. 마침 장롱을 열자, 양물을 닮은 방망이를 발견했다.

 "아하! 이놈으로 몰래 재미를 보는구나. 하지만 이것으로는 오직 보는 것뿐인데 무슨 재미가 있을까?"

 이웃집 과부는 양물에 대해 아무리 생각해도 별다른 재미를 볼 수 있을 것 같지가 않았다. 그때 무심코 '이것은 대체 무엇에 쓰는 물건일까?' 라고 했다. 그 순간 건장한 총각으로 변해 떨고 있는 이웃집 과부를 덮친 다음 일이 끝나자 총각은 없어지고 양물만 남았다. 이웃집 과부는 모처럼의 쾌감이었지만 즐거움보다 두려움이 더 컸다. 그녀는 얼른 그 양물 방망이를 장롱에 집어넣고 집으로 돌아갔다. 그렇지만 제정신을 차린 이웃집 과부는 그놈에 대한 호기심을 발동했다.

그래서 그날 밤 이웃집 과부는 그 양물 생각으로 도저히 잠을 이룰 수가 없었다. 아침이 되자 밥도 짓지 않고 과부 집으로 달려가 양물을 끄집어내 어제처럼 말했다. 그러자 총각 놈이 또다시 나타나 자신을 환희로 몰아넣었다. 한마디로 그것은 이 세상의 그 어떤 것보다 즐거웠다. 그래서 그 양물을 탐내다가 그 집 과부가 돌아올 때까지 즐기기로 했다. 이후부터 밤낮을 가리지 않고 생각나는 대로 달려가 재미를 보았다. 며칠이 지나면서 그 집 과부가 돌아오자, 이웃집 과부가 양물에 대한 이야기를 했다. 그러자 그 집 과부가 화를 내면서 펄펄 뛰었다.

이로부터 며칠이 지나자 이웃집 과부가 그놈이 생각나 그 집 과부를 찾아가 간절하게 부탁했지만 거절당하고 말았다. 이로 인해 이웃집 과부는 앙심을 품게 되었다. 이후 두 과부의 사이가 극도로 나빠지면서 결국 큰 싸움으로 번졌다. 동네 사람들이 말렸지만 싸움이 쉽게 끝나지 않았고, 마침내 양물에 대한 소문이 고을 원님까지 알게 되었다. 원님은 기이하게 생각해 아전을 불러 이렇게 말했다.

"세상에 그런 물건이 어디에 있는가? 귀신은 원래 마음에서 생기는 것이고 도깨비는 정신이 부실해서 헛것을 보는 것이야."

지만 아전은 원님에게 그렇지 않다고 우겼다. 그래서 원

님은 과부에게 명해 물건을 가져오게 했다. 과부가 양물을 갖다 바치자 원님은 그것을 손에 쥐고 이리저리 살폈다. 모양은 소문처럼 양물 같았지만, 그 외의 이야기는 믿을 수가 없었다. 그때 원님은 무심코 '그러면 이것은 대체 무엇에 쓰는 물건일까?' 라고 했다. 그 순간 양물은 총각으로 변해 사모관대를 하고 있는 원님에게 달려들어 여러 사람들 앞에서 행간을 하고 양물로 되돌아갔다. 이에 원님은 놀랍고 한편으로 창피해 어찌할 도리가 없었다. 그는 자신이 당한 사실을 낱낱이 적어서 물건과 함께 감영으로 보냈다.

이 소문은 삽시간에 온 고을로 퍼지면서 모르는 사람이 없었다. 그래서 물건을 먼발치에서 구경하기 위해 이곳으로 수많은 사람들이 모였다. 감사는 원님의 장계와 함께 물건을 조사했다.

'세상에 그럴 리가 없지? 내 생각으론 원이 미친 것이야.' 이렇게 생각하면서 양물 방망이를 살펴보다가 '이것은 대체 무엇에 쓰는 물건일까?' 라고 중얼거렸다. 그러자 총각이 나타나 사람들 앞에서 감사를 엎어놓고 행간을 한 다음 다시 양물 방망이로 변했다. 이에 감사는 부끄럽고 한편으론 괘씸해서 아전들에게 양물 방망이를 불에 태우도록 했다.

이윽고 감영 뜰에 모닥불을 지펴 그 속으로 던졌지만 그

양물 방망이는 타거나 녹지도 않았다. 또다시 펄펄 끓는
물에 넣었지만 삶겨지거나 익지도 않았다. 그래서 감사는
단념하면서 이렇게 중얼거렸다.

'조물주가 불쌍한 과부를 위해 이런 것을 내렸구나.'

그런 다음 양물 방망이를 과부에게 돌려주었다고 한다.

깍쟁이 서울사람의 분노

　　　　성품이 교활해 사람들이 몹쓸 놈이라
고 부르는 서울 사람이 있었다. 그가 서울로 돌아가던 중
길에서 배장수를 만났다.
"여보시오, 배 몇 개만 먹어 봅시다."
그러나 배장수는 인색해 듣지 않았다.
'그렇게 나오면 반드시 너를 해코지 하겠다.'
이렇게 중얼거린 다음 배장수보다 한걸음 먼저 도착했다.
때마침 논에는 남녀 수십 명이 모내기를 하고 있었다. 그
는 그들 중 제일 나이가 적고 아름다운 여인을 불러 청했
다.
"아씨가 이 중에서 제일 미인인데, 오늘밤 나와 함께 동침
하지 않겠느냐?"
라고 희롱하자 다른 사람들이 이 소리에 크게 노하면서
외쳤다.
"어떤 미친 놈이 희롱하느냐?"
여러 사람들이 좇아 오자, 그는 빠른 걸음으로 언덕을 뛰
어넘어 아래에 도착해 한손을 쳐들면서 크게 소리쳤다.

"배를 지고 오는 형님! 빨리 오시오. 빨리!"

이때 배장수가 논밭 근처에 당도했는데, 모내기를 하던 수십 명이 형님이란 소리를 듣고 달려들어 그의 덜미를 잡고 말했다.

"네 놈이 저 놈의 형인 것 같은데, 아우의 죄는 마땅히 형이 받아야 할 것이다."

그러면서 사람들은 배장수에게 주먹과 발길질을 해댔다. 배장수는 불의의 봉변을 당하고 애걸하면서 말했다.

"이보시오. 저놈은 내 동생이 아니라오. 조금 전에 길에서 저놈이 배를 달라기에 주지 않았더니, 여러분을 이용해 나에게 심술을 부린 것입니다."

그제야 매를 그쳐 배장수는 겨우 일어나 배를 수습했다. 이때 서울사람이 언덕아래서 얻어맞은 배장수의 모습을 보고 말했다.

"그대가 배 두어 개를 아끼더니 꼴좋다!"

배장수가 분함을 이기지 못했지만 아무 말도 못했다. 이때 어떤 역졸이 흰말을 타고 지나가는데, 서울사람이 말을 붙잡고 청했다.

"내가 여러 날 길을 걸어서 다리도 아프고 발까지 부었습니다. 그래서 청컨대 다음 주막까지 잠깐 말을 빌려주면 안 되겠소?"

"너는 어떤 놈인데 말을 타려고 하느냐? 나도 다리가 아픈

데 두 번 다시 그런 미친 수작을 하지 말라!"

"그래? 그렇다면 너 역시 봉변을 당해봐야 되겠구나."

라면서 서울사람은 그 뒤를 따라가 역졸이 주막으로 들어가는 것을 보았다. 때마침 주인여자가 방에서 바느질하는 것을 보고 창밖에 서서 외쳤다.

"낭자여! 내가 반드시 깊은 밤에 찾아와 한탕 뛰겠다. 방중에 이 창문을 열고 나를 기다려라. 나는 아까 흰말을 타고 와서 건너 주막에 자고자 하는 사람이다."

이 말에 깜짝 놀란 여인은 분노해서 남편에게 곧바로 일렀다. 이에 남편은 대노해 아들과 동생들을 데리고 주막으로 달려가 흰말을 타고 온 역졸을 붙잡았다. 역졸은 무슨 영문인지 말을 못했다. 그러자 세 사람은 죄를 꾸짖으며 후려쳐 중상을 입혔다. 이에 주막집 주인이 그를 구해내면서 말했다.

"이는 저녁에 우리 집에 들어온 후 지금까지 단 한 번도 밖으로 나가지 않고, 잠만 자고 있었다. 무엇 때문에 그를 무지막지하게 때리는 것이냐?"

주막집 주인 외에 여러 손님들 역시 똑같이 말하자, 간신히 그를 풀어주었다. 이튿날 아침에 서울사람이 역졸보다 먼저 길을 떠나 몇 리 밖 길에 쉬고 있었다. 이때 역졸이 기운 없이 말을 타고 오자, 서울사람이 비꼬면서 말했다.

"어제 네가 나에게 말을 빌려주지 않고 받은 죄 값이 어떠

냐? 오늘에 또한 말을 빌려주지 않으면 어제와 같은 일을
또 당할 것이다.”
 이에 역졸은 그의 해코지가 두려운 나머지 말을 하루 동안
빌려주었다고 한다.

정욕 앞에서 스스로 파계한 노승

　금산사金山寺에는 수많은 여승들이 살고 있었다. 그 가운데 인화라는 여승은 음탕하고 교묘해 수십 차례 남자들이 매료되었다. 이 소리를 들은 주지스님 혜능은 승려를 불러놓고 꾸짖었다.

"마땅하게 계율을 지켜야 곳인데, 어찌 한 아녀자가 이 절을 창피스럽게 만드는 것인가!"

　결국 인화를 내쫓고 대신 남자 중에게 음식과 의복을 맡게 했는데, 도장이 맑고 정숙해졌다. 어느 날 혜능이 절을 나서서 인화의 집 앞을 지나쳤는데, 그때 인화가 울타리 틈으로 그를 보면서 이를 갈았다.

"저 중놈은 훨씬 낚기가 쉽겠어."

　이때 다른 중들이 그녀의 이야기를 듣고 내기를 걸었다.

"네가 만약 그를 낚는다면 절의 모든 밭을 모두 너에게 주겠다."

　이 말에 인화는 흔쾌히 승낙했다.

"좋아. 저 중놈의 목을 절문 앞 고목나무 밑에 매어달 것인데, 그대들은 미리 와서 기다려라."

이렇게 말한 인화는 곧바로 머리를 땋고 효경孝經을 옆에
끼고 혜능을 찾아갔다. 그러자 그는 얼굴이 예쁨을 보고
물었다.

"넌 뉘 집 아들인고?"

"저는 저 아랫마을에 살고 있는 박선비의 아들입니다. 전
임 주지에게 글을 배웠는데, 폐업한 지 오래되었기 때문에
감히 뵙는 것입니다."

이에 혜능은 인화에게 글을 읽게 했다. 그러자 제법 경문
의 구두 떼는 것이 분명했고 목청 또한 청랑해 혜능이 말
했다.

"똑똑해서 충분하게 가르칠 수가 있구나."

곧바로 혜능은 인화를 유숙시켰다. 혜능이 인화를 잠자리
로 끌어들였을 때 인화는 아름다운 여인이 변해 있었다.
그러자 혜능은 깜짝 놀라면서 그녀를 물리쳤다.

"너는 계집이 아니냐?"

그제야 인화는 자신의 신분을 밝혔다.

"스님, 인화입니다. 사내와 계집 간의 정욕은 천지가 물건
을 점지한 참된 마음이기 때문입니다. 옛날 아난阿難은 음
녀 마등가녀에게 혼미했고, 나한羅漢은 운간雲間에 떨어졌
습니다. 그렇지만 스님께서는 그분들보다 훌륭합니다."

인화는 달변으로 혜능을 매혹시켰고 그는 한탄하면서 말
했다.

"아~ 안타깝구나! 지금까지 쌓은 법계로 이룩한 몸이 너 때문에 무너지는구나."

말이 끝나자 혜능은 인화와 정사를 했는데, 이때 그녀는 거짓으로 배가 아프다며 소리를 질러 문밖까지 들리게 했다. 그러자 혜능은 남들이 들을까봐 두려워 자신의 입을 그녀의 입에 맞춰 소리를 막았다. 이때 인화는 혜능의 눈치를 살피다가 일어나면서 청을 했다.

"소녀는 병이 급합니다. 밤에 나를 업고 절문 앞에 있는 고목나무 밑에다 버리면 아침에 집으로 돌아가겠습니다."

밤이 되지 혜능은 그녀의 두 팔을 자신의 목덜미에 얹은 채 절문을 나가려는 순간이었다. 인화는 두 팔을 갑자기 놓고 몸을 땅 위에 떨어뜨리면서 말했다.

"아이고 스님! 배는 부르고 등이 높아 손으로 잡으려고 해도 잡을 수가 없습니다. 그래서 허리띠를 풀어 스님 목덜미 앞으로 둘러서 두 손으로 잡는다면 떨어지지 않을 것입니다."

얼마 후 혜능은 그녀의 말에 따라 고목나무 밑에 도착했는데, 이미 다른 중들이 기다리고 있었다. 혜능이 황당하게 생각하고 있을 때 벌떡 일어나 허리띠를 잡아당겨 그의 목을 졸라매어 중들에게 끌고 와서 외쳤다.

"잘 보아라! 이것이 중놈의 목을 매단 것이 아니겠느냐!"

이것을 본 중들은 놀라면서 자신들의 밭을 인화에게 모두 넘겨주었다고 한다.

평양감사를 지아비로 삼은 기생의 지혜

평안감사 김시중은 풍월을 즐기는 사람으로 이름이 났다. 그래서 사람들은 그를 풍류 감사라고 했다. 당시 낮은 벼슬이라도 자랑과 함께 자신의 직위를 이용해 백성들을 착취했다. 하지만 김시중만은 자신의 벼슬에 대해 단 한 번도 자랑한 일이 없었다. 오히려 그런 벼슬아치들을 보면 경멸하고 멸시했다.

그는 정사에 충실했고 윗사람을 섬기되 아첨하지 않았으며, 백성을 다스리되 무리하지 않았다. 그래서 백성들은 누구나 그를 싫어하는 사람이 없었다.

어느 날 김시중은 성천成川땅으로 초도순시를 떠나게 되었다. 그러자 성천고을 원님 조경인趙敬仁과 모든 고을사람들이 그를 환영하기 위해 성문 밖까지 나와 인산인해를 이뤘다. 이윽고 군중의 우레 같은 박수갈채를 받으며 감사 김시중이 도착했다.

이날 밤 이 고을이 생긴 이래로 그를 환영하기 위한 큰 잔치가 벌어졌다. 이 자리에는 고을에서 제법 잘나간다는 일류기생들이 총동원되었다. 이들은 각자 재주를 자랑하거

나, 노랫가락이나, 춤이나, 담소로 풍류 감사의 흥을 돋우기 위해 노력했다. 기생들이 이렇게 극성을 부리는 이유는 벼슬 높은 사람의 아내가 되면 출세하기 때문이다.

특히 이 자리에는 벼슬이 높은 김시중을 일생동안 한 번 볼까 말까하는 인물이었기 때문에 더더욱 기생들의 다툼이 심했다. 더구나 김시중은 인물 또한 빼어났고 풍류를 이해한다는 것이 최고의 매력이었다. 다시 말해 남자가 갖춰야할 모든 것을 갖추고 있었다.

하지만 기생들의 생각처럼 김시중은 만만한 인물이 아니었다. 온갖 노랫가락이 들려오고 거문고와 장고소리가 울려 퍼지지만 풍류 감사의 마음을 사로잡지 못했다. 또한 일류 무희들이 비장의 춤을 추지만 감사의 환심을 사기엔 역부족이었다. 이렇다 보니 자신의 장기를 모두 보여준 기생이나 무희들은 제풀에 지치고 말았다. 이때 김시중은 이렇게 생각하고 있었다.

'허수아비 노래에다가 허수아비 춤으로 내 귀를 속이고 내 눈을 속이려고 하는구나. 인물이 너무도 없구나.'

시간이 지나면서 김시중의 얼굴은 점점 검은 구름만 돌았다. 이렇게 되자 입장이 난처한 사람은 바로 원님 조경인이었다. 그는 바늘방석에 앉은 것이나 다름없었다. 그는 속으로 화가 치밀었다.

'아니 이년들은 지금까지 먹고 배운 것이 노래와 춤인데

김시중 대감의 비위 하나 못 맞추고 있다니! 한심하도다.'

조경인은 모든 것을 단념하고 실신한 사람처럼 우두커니 앉아만 있었다. 이때 저 끝자리에 앉아있던 어린 기생이 사뿐사뿐 이쪽으로 다가왔다. 가까이 다가오자 원님은 그녀가 기생 부용芙蓉이란 것을 알았다.

부용은 성천골 태생으로 일찍 아버지를 여의고 홀어머니와 함께 살아온 소녀였다. 그녀는 기생으로 들어온 날부터 열심히 창과 무를 공부했다. 더구나 태생이 겸손해 지금까지 단 한 번도 자신을 자랑한 적이 없었다. 특히 노래와 춤 외에 시를 좋아해 시 짓는 것을 취미로 공부했다. 또한 시작에도 선천적으로 타고난 천재적인 소질도 가지고 있었다.

그렇지만 지금까지 그녀의 실력을 성천에서는 알아보는 사람들이 전무후무했다. 그런 까닭에 원님도 부용을 삼류 기생으로도 취급하지 않았던 것이다. 그러나 부용은 언젠가는 자신의 재주를 인정해주는 사람일 나타날 것이라는 기대감에 조금도 게으름 없이 열심히 공부했던 것이다.

부용은 이 잔치에서 처음부터 많은 기생들이 노래하고 춤을 추는 꼴을 모두 보았다. 이와 함께 풍류감사 김시중이 어떤 인물이며 어떤 태도를 취하는 것까지 확인했다. 그런 다음 그녀는 이렇게 생각했다.

'바로 이분이야말로 진정 풍류를 아시는 어른이구나. 그리고 나의 예술을 심사하고 평가할 수 있는 어른이야! 이제야말로 나의 값어치를 알아볼 수 있는 좋은 기회인 것 같구나!'

그래서 부용이 원님 조경인 앞으로 다가와 큰 절을 올리면서 이렇게 말했다.

"소첩이 보잘 것 없는 춤으로 대감의 객고를 조금이나마 풀어드릴 수 있다면 영광으로 생각하겠습니다."

"네 뜻대로 한번 해보아라."

이렇게 대답한 원님 조경인은 그녀를 비웃듯 쳐다보면서 중얼거렸다.

'제까짓 게 뭐라고? 지금 일류기생들의 재주를 보고도 눈썹하나 까딱하지 않는 대감께서 너를 거들떠보기나 하겠냐?'

부용의 춤이 시작되었지만 감사의 눈은 좀처럼 움직이지 않고 오로지 딴 곳만 보고 있었다. 지금까지 많은 춤사위를 봤지만 별로 신통한 것을 보지 못한 터라, 이번에도 똑같을 것으로 생각하고 있었던 것이다.

부용은 춤을 추면서 감사가 앉아있는 자리 가까이 다가왔다. 그리고 한손으로 고름을 접었다가 고름을 감사의 눈동자에 스칠 듯이 휘둘렀다. 그 동작은 감사의 주목을 끌기 위한 행동이었다. 그러자 감사는 자신도 모르게 부용에게 시선을 돌리지 않을 수 없었다.

이에 용기를 얻은 부용은 제자리에 돌아가 본격적인 춤을 추기 시작했다. 처음에는 매우 섬세하고 느린 동작에서 시작했다가 점점 굵고 빠른 동작으로 옮겨졌다. 그러자 감사는 한손으로 턱을 괴며 그녀의 춤사위에 흥미를 점점 느끼고 있었다. 부용의 몸이 돌때마다 감사의 눈도 같이 회전했고, 동작에 속도가 가해지면 그의 눈동자도 빠르게 움직였다. 회전이 느려지면 그의 눈동자도 함께 느리게 돌아갔다.

'흠~ 동작 속에 생명이 있고 감정이 살아있구나!'

하마터면 감사는 이렇게 중얼거릴 뻔했다. 더구나 그는 부용의 춤에 감탄했던 것이다. 이보다 더 놀란 사람은 감사의 감탄을 직접 본 원님 조경인이었다. 그도 감사와 마찬가지로 부용의 춤에 넋을 놓고 있었다. 그녀의 춤이 끝나자 감사는 자리에서 일어나 박수를 치면서 칭찬했다. 그러자 함께 앉아 있던 사람들도 모두 박수를 쳤다. 그러면서 침울했던 잔치자리가 순식간에 명랑하고 밝게 변했다. 감사는 웃음을 띠면서 부용을 가까이 불렀다.

"네 이름이 무엇이더냐?"

"네, 대감마님. 부용이라고 합니다."

"부용이라…. 예쁜 이름이구나. 네 춤에는 생명력이 있고 감정이 솟구치는구나. 지금까지 수천의 춤을 보았지만, 오늘 너의 훌륭한 춤을 처음 보았구나! 참으로 반갑고 장하

도다. 어디 또 한 번 네 재주를 구경할 수 있겠느냐?"

"감사합니다. 보잘것없고 서투른 소녀의 재주를 칭찬해주시고 또다시 한 번 보시고자 원하시니 영광스러운 마음 금할 길이 없습니다."

부용의 춤은 또다시 계속되었다. 다른 춤사위가 나올 때마다 감사는 감격과 흥분에 빠져들었다. 오늘따라 부용의 태도 또한 심상치 않았다. 그녀는 감사가 청하면 청하는 대로 계속 새로운 춤을 보여주었다. 하지만 처음 부용이 춤을 추기 시작할 때 기생들은 그녀에 대해 멸시와 질투의 눈초리로 바라보았던 것이다. 그렇지만 그녀의 춤이 계속되면서 모든 기생들은 모두 춤사위에 빠져버리고 말았다. 부용의 춤 때문에 잔치는 자정이 훨씬 넘어서 끝났다. 연회가 성황리에 끝나자 가장 기뻐하는 사람은 바로 원님 조경인이었다. 만약 부용이 없었다면 그는 매우 곤란한 처지에 놓일 뻔했다. 그래서 평상시 거들떠보지도 않았던 부용이었건만 오늘 따라 더더욱 예뻐 보였다. 잔치가 끝나자 감사는 부용을 조용히 불렀다.

"부용아!"

"네. 대감마님."

"네 춤은 과연 최고였다. 너의 춤을 밤이 새도록 봐도 시원찮겠다만 그럴 수가 없는 게 몹시 아쉽구나."

"보잘 것 없는 소녀의 춤을 과분하게 칭찬해 주셔서 부끄럽습니다.”

“헛소리가 아니다. 너의 재주에 내가 진심으로 놀랐다. 부
용아!”

“네.”

“너의 목소리가 마치 쟁반 위에서 구슬이 굴러가는 것처
럼 들리는구나.”

“대감마님, 과분한 말씀이십니다.”

“본디, 춤을 잘 추면 소리 역시 이와 마찬가지일 것이다.”

“대감마님, 소녀는 정말 보잘것없습니다.”

“아니야, 아니다. 내가 욕심이 과한 것 같은데, 혹여 이 밤
이 새기 전에 소리 한번 들어볼 수 없겠느냐?”

“대감마님의 분부대로 거행하겠습니다.”

“고맙구나. 딴 사람들은 모두 숙소로 돌아가고 부용의 노
래를 나 혼자만 듣겠다.”

그날 밤 부용은 감사를 따라 숙소까지 동행했고, 적막이
흐르는 고요한 밤에 그녀는 거문고에 맞춰 구슬 같은 목소
리로 소리를 했다. 이때 감사는 목침위에 비스듬히 기대어
소리를 경청했다. 그는 속으로 생각했다.

‘허~어, 춤뿐만 아니라 과연 명창 중의 명창이로구나. 이
런 시골에 두기엔 너무 아까운 인재로다.’

소리에 취한 감사는 한곡조가 끝나면 또 한곡, 그것이 끝
나면 또 한곡을 청하는 바람에 모두 열곡조가 넘었다. 이

러는 동안에 밤은 점점 깊어만 갔다. 부용은 어지간하게 소리가 끝났을 무렵에 감사를 불렀다.

"대감마님."

"왜 그러느냐?."

"소녀는 춤과 노래 외에 다른 재주가 하나가 더 있습니다."

"그래? 그것이 무엇이더냐?"

"소녀가 듣기로 대감께서 시를 무척 좋아 하셔서 풍류대 감이라는 별호까지 얻고 있지 않습니까? 소녀 역시 시를 무척 좋아 합니다."

"그러냐? 그것 참 기특하구나."

김시중은 부용에게서 또 다른 재주를 발견하고 다시 한 번 놀랐다. 더구나 부용의 작시 능력에 무릎을 치면서 놀 랐던 것이다. 두 사람은 밤이 새도록 운자韻字를 주고받으 며 시를 지었다. 이런 시간은 다음날 또 그 다음날 저녁때 만 되면 부용은 감사의 부름으로 그의 숙소에 발을 들여놓 았다. 이런 시간이 흐르다가 닷새째 되는 날에 두 사람은 동침을 했다. 부용이 감사와 동침한 것은 보통여자들처럼 부귀영화나 벼슬 때문이 아니었다. 그녀는 오직 감사가 지 니고 있는 인생의 향기와 풍류에 대한 마음 때문이었다. 그 후 며칠이 지나자, 감사가 그녀를 불렀다.

"부용아!"

"네. 대감마님."

"재주가 많은 사람은 주변의 유혹에 넘어가기 쉬운 법이다. 너는 인물이 절색이고 재주가 비범해 주위의 사내들에게 많은 유혹을 받게 될 것이다. 이럴 때일수록 스스로 몸단속을 잘 해야만 한다."

"대감마님께서는 걱정하시지 않으셔도 됩니다. 소첩이 그날 밤 백년해로하기로 굳게 맹서한 것을 어찌 잊을 수가 있겠습니까. 백번 죽어도 소녀는 대감의 소첩이랍니다."

"그래야지. 이제야 너를 믿고 떠날 수 있겠구나. 내가 돌아올 때까지 잘 지내야 할 것이야."

"알겠습니다, 대감마님. 돌아오실 날 손꼽아 기다리겠습니다."

감사가 이웃 고을로 떠나는 날 부용은 그의 뒷모습이 보이지 않을 때까지 바라보았다. 감사는 이웃고을로 임무를 수행하기 위해 떠나던 것이다. 거기서 며칠 동안 임무를 마치고 성천 땅에 들려 부용과 함께 평양으로 함께 갈 생각이었다. 두 사람은 만난 지 얼마 되지 않았지만 서로가 백년해로해도 무방하다고 생각했다.

며칠 후 이웃고을에서 임무를 마친 감사는 곧바로 성천 땅으로 돌아왔다. 하지만 뜻하지 않던 사건이 생겼다. 그가 믿었던 부용이 외간 남자와 정분이 났다는 소문을 들었던 것이다. 그로서는 도저히 믿기 어려운 말이었다. 감사는

뜬소문에 대해 선의로 해석하면서 부정도 했다. 하지만 가장 믿을만한 사람의 입을 통해 이 소문이 계속해서 들리자, 울화가 치밀어서 견딜 수가 없었다.

"여봐라! 부용을 당장 추포해서 오너라!"

그의 이런 행동은 마지막으로 부용의 입을 통해 직접 이야기를 들어보고 소문과 같다면 참수시키고 자신도 죽겠다는 생각이었다. 부용이 묶여서 김시중 앞에 무릎을 꿇고 앉혀졌다.

"부용아!"

"네. 대감마님."

"내가 없는 동안 외간남자와 정을 통하고 그를 밤마다 네 집에서 재워 보내었다는 것이 사실이더냐?"

"그렇습니다. 대감마님."

"뭣이?"

이때까지도 김시중은 부용의 입에서 부정의 말이 나오길 바랐던 것이다. 하지만 본인의 입으로부터 모든 일이 사실이라는 자백을 들은 이상 어떻게 용서할 수가 없었다.

"이런, 이런. 망할 계집 같으니라고! 네년 역시 일개 미천한 화류계의 기생이었구나! 너 같은 더러운 계집을 내가 철석같이 믿은 것이 잘못이구나!"

"…"

"여봐라1 이년을 당장 끌고 가서 참수시켜라!"

평상시에 부드럽고 온화했던 그의 목소리는 사자의 울부
짖음처럼 크고 거칠었다. 그의 명을 들은 사령들이 두 팔
을 붙잡고 나가려는 순간 그녀는 수그렸던 머리를 들면서
나지막하게 말했다.

"대감마님. 소첩이 죽는 것은 원통하지 않습니다만 죽기
전에 한 가지 청이 있습니다. 소녀의 마지막 소원을 들어
주시기 바랍니다."

"무슨 청이더냐? 어서 말해 봐라!"

"마지막으로 시나 한수 짓고 죽었으면 합니다."

"알겠다. 여봐라! 지필묵을 준비하렷다!"

잠시 후 부용 앞에는 지필묵이 놓여졌다.

"운자는 대감께서 적어주기 바랍니다."

"알겠다!"

김시중 역시 풍류객인지라 붓을 잡고 종이 위에 능能자를
운자로 적었다. 그 순간 부용은 쏜살같이 스물여덟자의 시
를 적었다.

成川芙蓉 何所能, 能歌能舞 又詩能, 能之能中 又一能, 月明夜半 換夫能
성천부용 하소능 능가능무 우시능 능지능중 우일능 월명야반 환부능

성천 부용이 무엇을 잘 하는가, 노래 잘 부르고 춤 잘 추고,
또 시를 잘 짓더라, 잘하고 잘하는 중 또 하나 잘하는 게 있

으니, 달 밝은 한밤에 지아비 바꾸기 또한 잘 하는구나.

 부용의 시를 읽은 김시중의 입가에는 가벼운 경련이 일어났다. 이와 동시에 땅에 엎드려 있는 부용을 말없이 바라보다가 입을 열었다.
"너의 행실로 보아 능지처참으로도 내 마음이 시원치 않겠다. 하지만 너야말로 진정한 인생의 향기를 맡을 줄 아는 멋있는 계집이구나. 비록 너의 육신이 밉지만 너의 재주가 아깝구나. 내가 너를 죽인들 무엇 하겠느냐? 여봐라! 부용을 풀어주어라."
 오랏줄에서 풀려난 부용은 숙였던 머리를 번쩍 들고서 김시중의 얼굴을 뚫어지게 쳐다보았다. 샛별처럼 반짝이는 그녀의 눈가장자리엔 이슬이 맺혔고, 그것은 환희와 만족의 눈물이었다.
"대감마님!"
"…"
"심려를 끼쳐드려 송구합니다. 소첩의 지나친 연극을 책망하지 마시옵소서!"
"뭐이라고?"
"지금까지 모든 것은 소첩이 일부러 꾸민 것이었습니다."
"일부러, 꾸민 것이라니?"
"세상의 모든 사내들을 믿을 수가 없어서 대감마님께서

소첩 부용을 얼마나 사랑하는지를 시험해보기 위한 것이었습니다."

"허…?"

"소첩 부용이 사모하는 대감마님을 두고 어찌 외간남자와 내통하겠습니까. 소첩은 몇몇 친분 있는 사람들과 짜고 외간남자와 정분이 나서 간통을 한 것처럼 헛소문을 낸 것입니다."

"그…?"

"이런 헛소문을 들은 대감께서 어느 정도 분노하시는지를 시험한 것이었습니다. 과연 대감께서는 극도로 분노하시어 소첩을 죽이라고 명하셨습니다. 그와 같은 분노는 대감께서 소첩에게 대한 애정이 그만큼 뜨겁다는 것입니다. 소첩은 그 순간 마음속으로 너무 기뻤습니다."

"기뻤다니?"

"또한 소첩이 마지막 소원이라면서 시를 짓겠다고 하자 대감께서는 서슴없이 청을 들어주셨습니다. 그리고 소첩이 지은 시를 보고 죽이겠다는 마음이 없어져 오랏줄을 풀어주라고 했습니다. 그것을 보고 소첩은 대감이야말로 진정 풍류를 이해하고 인생의 멋을 아는 지아비임을 다시 한번 느꼈습니다. 지아비로서 합격한 것입니다."

김시중은 부용의 말에 감탄한 나머지 갑자기 대청에서 내려와 껴안았다.

"너야 말로 멋을 아는 계집이구나. 하하하!"

부용은 김시중의 넓은 가슴에 얼굴을 파묻고 눈을 감았다. 지금도 대동강 건너편에 기와집 한 채가 있는데, 이것은 당시 김시중이 마련해 부용과 함께 살던 집이라고 한다. 하지만 이것이 사실인지 아닌지는 알수가 없다.

사미승이 먹은 독과일

충주의 어느 사찰에 이곳을 지키는 중이 살고 있었는데, 그는 물건을 탐하고도 매우 인색하기 짝이 없었다. 그 중은 한 사미승을 데리고 있었지만, 지금까지 먹을 것을 재대로 주지 않았다. 그는 깊은 산중에서 시간을 알기 위함이라며 닭 몇 마리를 기르면서 매일 달걀을 거뒀다. 어느 날 그는 그 달걀을 삶아놓고 사미승이 깊이 잠들자 혼자서 먹었다. 이때 사미승은 벌떡 일어나 거짓으로 모른 척하면서 물었다.

"스님께서 먹고 있는 것이 무엇입니까?"

"이거? 무 뿌리이다."

며칠 후 주지가 잠을 깨어나면서 사미승을 불러 물었다.

"지금 밤이 어떻게 되었느냐?"

이때 닭이 울자 사미승이 말했다.

"아, 벌써 밤이 깊어 무 뿌리 아버지가 울습니다."

과수원에는 잘 익은 감을 따서 광주리에 담은 주지는 대들보 위에 몰래 숨겨두고 하나씩 꺼내 먹었다. 이때 사미승이 무엇이냐고 묻자 주지가 이렇게 말했다.

"이건 독한 과실로 아이들이 먹으면 혀가 타서 죽는다."

며칠 후 중은 밖을 나갈 일이 생겨 사미승에게 방을 지키게 했다. 사미승은 대들보 위에 있는 감광주리를 내려 멋대로 먹고, 차를 가는 맷돌에 꿀단지를 던져서 깨뜨린 다음 나무 위에 올라앉아 중을 기다렸다. 중이 돌아와 방문을 열자, 꿀물이 방에 가득했고 감광주리는 땅위에 떨어져 나뒹굴고 있었다. 이에 화가 치민 중은 막대를 손에 쥐고 나무 밑으로 달려와 소리쳤다.

"빨리 내려오지 못하겠느냐!"

그러자 사미승은 이렇게 둘러댔다.

"소자가 실수로 차년을 옮기다가 잘못해 꿀단지를 깨뜨렸습니다. 그래서 죽기를 작심하고 목을 매려고 했지만 노끈이 없었고, 목을 찌르려고 했지만 칼이 없었습니다. 이에 스님께서 말씀하신 광주리의 독과를 모두 삼켰습니다. 그렇지만 질긴 목숨이 끊어지지 않아 나무위로 올라와 죽기를 기다리고 있습니다."

사미승의 말을 들은 중은 껄껄 웃으면서 그를 용서해주었다.

전쟁 때문에 죽음으로
끝난 사랑

 백제와의 국경분쟁으로 시끄러운 상태이지만, 신라 백성
들은 한가위를 맞아 내일 당장 전장에 나가 나라를 위해
목숨을 바칠지언정, 오늘 한가위만은 절대로 그냥 보내지
않았다. 그래서 각 고을마다 추석놀이를 성대하게 맞이했
다.
 노릇골 고을 역시 마찬가지였다. 풍물소리가 메아리치는
가운데 아침부터 동네 모래사장에는 씨름판이 벌어졌고,
마을 뒤 참나무 숲에는 그네놀이가 한창이다. 씨름에서 우
승할 경우 이듬해 추석까지 젊은 쪽 우두머리로 활동한다.
더구나 그가 총각이라면 동네처녀들에게 사모의 대상이
된다.
 처녀들도 이와 마찬가지인데, 추천놀이에서 우승할 경우
총각들에게 최고의 인기를 얻는 스타가 된다. 그래서 한가
위에 치러지는 씨름판과 추천놀이는 최고의 볼거리였던
것이다.
 씨름판이 끝나면 젊은이들은 우승을 차지한 새로운 우두
머리를 중심으로 달이 중천으로 떠오를 때까지 술을 마시

고 노래를 부르며 춤까지 추면서 즐긴다. 추천놀이가 끝나면 처녀들은 남자들처럼 술을 마시거나 노래를 부르지 않았다. 그 대신 맛있는 음식을 서로 나눠먹고 달밤에 참나무 숲에서 숨바꼭질을 한다. 이런 행사는 예년의 관습으로 전해지고 있었다.

숨바꼭질은 지금의 소수인원이 참여하는 것과는 매우 다르다. 당시 숨바꼭질은 놀이에 참석한 모든 인원을 두 편으로 나눠서 한편은 숨고 한편은 찾으러 다니는 것이다. 이때 숨은 인원을 모두 찾아야만 술래가 바뀌는 것이다.

뒷산봉우리 위로 보름달이 얼굴을 내밀고 있을 때, 저녁 성찬을 마친 처녀들은 달을 바라보면서 참나무 숲으로 몰려갔다. 또 오늘 씨름에서 우승한 바위쇠 집 마당에는 그를 축하하는 젊은이들이 모여서 건배로 달을 맞았다. 우두머리가 된 바위쇠가 기분 좋게 술잔을 기울이고 있을 때, 곁에 있던 검달 역시 단숨에 술 한 잔을 비웠다. 이윽고 검달이 입을 열었다.

"그네뛰기에서 누가 우승했지?"

이에 젊은이들은 이구동성으로 대답했다.

"복사녀가 일등 했다네."

"그래? 언제부터 그녀가 그네를 잘 탔지?"

"아마, 어머니 뱃속에서부터라고 하더라."

이런저런 농담이 오가던 중달님은 어느덧 산봉우리 위로

동그랗게 떠올랐다. 그러자 젊은이들의 진한 농담을 밤하늘을 갈랐다. 이때 바위쇠는 우두머리의 위신을 지키면서 술을 마셨다. 젊은이들의 주제는 뭐니 뭐니 해도 추천놀이에서 우승을 차지한 복사녀였다. 그녀의 복스러운 얼굴과 박속처럼 흰 살결 얘기만 나오면 모든 젊은이들은 침을 질질 흘렸다. 바위쇠도 그들과 똑같은 마음이지만 일부러 못 들은 척하면서 마른입을 축이기 위해 연거푸 술만 들이켰다.

시간이 지나자 취기가 오른 바위쇠는 끓어오르는 욕구를 제어할 방도가 없어 슬그머니 자리를 떴다. 그는 몇 해 전부터 씨름에서 우승하면 반드시 사랑하는 여인에게 프러포즈를 하겠다고 생각했었다. 그래서 그의 머릿속에는 온통 오늘의 처녀주인공 복사녀 얼굴 밖에 보이지 않았다.

두근대는 가슴을 억제할 수가 없는 바위쇠는 참나무 숲으로 통하는 비탈길을 포기하고, 사람의 눈을 피해 조심조심 지름길을 선택해서 올라갔다. 언덕으로 올라선 그는 소나무 뒤에 몸을 숨기고 참나무 숲을 살폈다. 이때 처녀들이 한편은 그 자리에 서있고 다른 한편은 이리저리 흩어지고 있었는데, 상황으로 볼 때 숨바꼭질이 지금 시작된 것 같았다.

그는 두 눈을 더 크게 뜨고 복사녀를 찾았지만, 수많은 처녀들 중 그녀가 어디에 있는지 알 수가 없었다. 그는 입술

이 바짝 마르고 손에는 힘이 빠지는 것 같았다. 시간이 흐르고 숨바꼭질도 마지막으로 치닫고 있었다. 지금 그에게는 한가위 밤이 일 년 중 최고의 기회다. 이런 좋은 기회를 놓친다는 생각에 조바심은 이루 말할 수 없었다.

'아~ 시간은 자꾸 가는데, 어떻게 하면 좋을까?'

이렇게 중얼거리고 있을 때 갑자기 그림자 두 개가 나무 그늘에 가려졌다가 나타났다가 하면서 자신을 향해 오고 있었다. 그러다가 두 개의 그림자는 갑자기 오른쪽과 왼쪽으로 갈라졌다. 오른쪽으로 사라진 그림자는 덤불 속으로 숨어버렸고, 왼쪽으로 사라진 그림자는 계속해서 달리고 있었다. 이때 바위쇠는 침을 삼키면서 두 눈이 번뜩였고, 얼굴이 화끈해졌다. 그는 직감적으로 달리는 그림자가 복사녀라는 것을 알 수 있었다.

우연의 일치라는 것은 이런 상황을 두고 하는 말인 것 같았다. 이렇게 생각한 바위쇠는 두근거리는 가슴을 진정시킬 겨를도 없이 복사녀가 달리고 있는 곳으로 몸을 날렸다. 얼마를 달렸을까, 바위쇠가 복사녀를 거의 따라잡았을 때 인기척에 놀란 그녀가 멈춰 섰다. 그리고 인기척이 난 곳을 조심스럽게 두리번거렸다. 이때 바위쇠도 그녀가 놀랄 것 같아 얼른 멈췄다. 환한 달빛에 실루엣처럼 보이는 두 사람의 그림자는 서로 마주보았다. 이윽고 바위쇠의 뜨거운 목소리가 울려 퍼졌다.

"복사녀!"

그의 부름에 아무런 대답도 하지 않는 복사녀는 고개를 숙인 채 옷고름만 만지작거렸다.

"복사녀! 나 바위쇠입니다."

바위쇠는 자신의 굵은 목소리를 허공에 날리면서 그녀 앞으로 성큼성큼 다가갔다. 그의 가슴은 타오르는 용광로처럼 뜨거웠지만 울렁거림은 진정되었다. 바위쇠 그녀 앞에 서자 살며시 돌아섰다. 움직임이라고는 오로지 그녀의 땋은 머리채 끝에 있는 댕기만 바람에 나풀거릴 뿐이었다.

"복사녀, 내가 그대를 얼마나…"

말이 채 끝나기도 전에 불쑥 다른 사람의 말이 들려왔다.

"요년, 여기에 숨어있었네!"

순간 두 사람은 마치 약속이라도 한 것처럼 앉았고, 어느새 바위쇠의 두 손은 그녀의 어깨를 잡고 있었다. 이에 그녀는 귀밑이 녹아 없어질 정도로 뜨거워져 견딜 수가 없어서 허리를 옆으로 틀었다. 그러자 바위쇠는 그녀를 안아버리고 말았다. 몸이 뜨거워진 그녀는 일부러 몸을 꿈틀거리며 자신의 얼굴을 바위쇠 쪽으로 돌렸다. 두 사람의 입술이 서서히 마주치려고할 때 가까운 곳에서 소리가 들려왔다.

"아직 끝나지 않았어. 복사녀가 남았잖아!"

놀란 복사녀는 바위쇠의 품안에서 빠져 나가면서 다른 곳

으로 옮기자고 제의했다. 바위쇠는 잽싸게 그녀의 손목을 잡고 사람들의 눈을 피해 숲을 빠져나가 언덕마루를 훌쩍 넘었다. 그곳엔 애기소沼라는 못이 있었는데, 작은 못이지만 깊이가 얼마인지를 알 수가 없을 정도로 깊었다. 두 사람은 약속이나 한 듯 애기소까지 온 것이다. 이곳은 울창한 소나무 숲으로 둘러싸여 있고 벌레우는 소리가 가냘프게 들릴 뿐 무척 고요했다.

바위쇠는 평평한 반석에 걸터앉았고 복사녀는 옷고름을 만지작거리며 곁으로 다가갔다. 순간 이들은 아무 말도 없이 물 위에 떠있는 달을 바라보았다. 그때 바위쇠의 귀에는 복사녀의 가쁜 숨소리가 들렸다. 곧바로 바위쇠의 뜨거운 목소리가 밤의 적막을 깨뜨리고 말았다.

"복사녀! 사랑하오."

그녀는 이글거리는 바위쇠의 눈앞에 오래도록 몸을 가눌 수가 없어서 그의 가슴 속으로 자신을 던졌다. 서로가 그리워하면서 말도 못하고 가슴앓이만 했던 바위쇠와 복사녀. 이제 이들은 서로가 서로의 입술을 찾았고, 가슴이 가슴을 안았다. 그는 그녀를 안은 채 반석 위에 쓰러지면서 그녀의 박속같은 몸뚱이를 더듬기 시작했다. 그러자 그녀는 무의식적인 행동으로 그의 가슴을 떠밀었다. 이윽고 그녀는 온몸에 바위쇠의 뜨거운 무게를 받아들이면서 두 눈을 지그시 감았다.

이후부터 두 사람은 사람들의 눈을 피해 여러 번 애기소에서 만나 불같은 정렬의 밤을 불태웠다. 하지만 세상은 그들의 단꿈을 오래도록 인정하지 않았다. 백제와의 국경분쟁이 큰 전쟁으로 발전되어 이곳 노룻골 젊은이들에게도 징집명령이 떨어졌던 것이다.

바위쇠는 물론 검달 등 스무 살 안팎의 몇몇 장정들이 징집되었다. 바위쇠는 전쟁터로 떠나기 바로전날 밤, 복사녀와 함께 애기소로 올라가 반석위에 나란히 앉았다. 하지만 여느 때와는 달리 가슴이 얼어붙어 떨기만 했다. 밤공기가 찬 것도 있지만, 그것보다 두 사람의 운명에 검은 그림자가 드리워질 불길한 예감 때문이었다.

"복사녀! 너무 근심하지 마시오."

바위쇠는 일부러 아무렇지도 않다는 표정을 지으면서 처량하게 앉아있는 복사녀를 바라보며 안심시켰다.

"전쟁에 나간다고 반드시 죽는 것이 아니라오. 너무 걱정하지 마시오."

"흑흑흑!"

어깨를 들썩이면서 흐느끼던 복사녀가 바위쇠의 가슴으로 쓰러졌다.

"고운 얼굴 망가지겠소. 울지 마시오."

이렇게 말한 바위쇠 역시 콧등이 시큰해졌다. 한참을 울고 난 복사녀는 눈물을 멈추고, 옷매무새를 바로잡았다.

그런 다음 자신의 품속에서 보름달처럼 둥근 석경을 꺼내 바위쇠에게 내밀었다.

"이것 받아주세요."

바위쇠가 거울을 받자 복사녀가 말했다.

"임께서 그것을 볼 때마다 저를 생각하시면 됩니다. 부디 몸 조심하셔요."

그녀에게 고마움을 표시하기 위해 그는 자신의 따뜻한 체온으로 그녀를 안아주었다.

"고맙소. 그런데 난 그대에게 무엇을 주면 좋겠소?"

"아무 것도 필요 없습니다. 오직 몸 건강히 돌아오기를 손꼽아 기다리겠습니다."

"내 반드시 돌아오리다. 너무 걱정하지 마시오."

출정일행들이 떠난 것은 이튿날 아침나절. 이들을 전송하기 위해 마을사람들이 마을 어귀까지 나왔다. 바위쇠는 마을사람들 가운데 복사녀를 찾기 위해 두리번거렸지만 그녀는 보이지 않았다. 이때 복사녀는 혼자 뒷산 언덕으로 올라가 눈물을 흘리면서 그들을 보고 있었다.

가을로 접어든 어느 날, 매운바람이 휘몰아칠 때 전쟁터로 나간 젊은이들 중 오직 검달만 살아서 돌아왔다. 마을사람들은 검달의 집으로 모여들고 그는 전쟁터에서 구사일생으로 살아난 경험을 이야기했다. 여기에는 바위쇠 부모와 다른 가족들을 비롯해 복사녀도 있었다. 검달의 말을 빌리자면 이렇다.

"바위쇠와 자신이 소속된 신라 신졸 일대가 달이 훤하게 비치는 한밤중에 백제군 본거지를 습격하기 위해 조용히 산등성이를 타고 갔습니다. 얼마 후 어떤 산봉우리에 도착했는데, 산줄기가 좌우로 갈라져 있었습니다. 그런데 이상한 것은 오른쪽 산등성이가 뻗친 끝에도 불빛이 있었고, 왼쪽 산등성이가 뻗칠 끝에도 빛들이 약간 비쳤습니다. 그날 낮에 척후병의 보고에 따르면 결코 그렇지 않았는데 아무튼 이상했습니다. 이때 우리는 대열은 멈췄고 병졸들은 모두 긴장했습니다. 의논 끝에 오른쪽 불빛들이 적의 본거지로 확신했고, 그곳을 습격하기로 했습니다. 하지만 의심이 가는 것은 왼쪽인데, 불빛들이 흩어져 있는 것이 아니라 실오라기처럼 한 줄로 늘어져 있었습니다. 우리는 백제군이 행군을 하고 있다고 생각했습니다. 다만 그것이 이쪽으로 오고 있는 것인지, 반대로 가는 것인지에 대해서는 알 수가 없었습니다.

우리는 의심을 하면서 대열은 움직이기 시작하였다. 산등성이에서 비탈로 내려와 적진가까이 도착했습니다. 달은 어느덧 서산으로 기울어졌고 일렬로 움직이던 불빛들이 사라지고 말았습니다. 이때 돌격명령이 떨어졌고 군사들의 우렁찬 함성은 밤하늘을 진동시켰습니다. 그러면서 우리들은 백제군 진지를 향해 무서운 기세로 돌진했습니다.

순식간에 들판은 아수라장이 되었습니다. 그리고 바위쇠는 물론 나 역시 용감하게 백제군을 향해 공격했습니다. 삽시간에 적의 진지는 무너지고, 백제 군졸들은 비명을 지르며 도망치기에 바빴습니다.

기습은 완전히 성공했고 우리 군사들은 우쭐하는 마음으로 무용담을 얘기하면서 어느 산기슭을 돌고 있었습니다. 갑자기 산등성이에서 천지가 무너지는 듯한 고함소리와 함께 화살이 빗발처럼 쏟아졌습니다. 우리 군사들은 결국 역습을 당했던 것입니다. 아까 산등성이에서 멀리 보이던 실오라기 같은 불빛은 군졸들의 행군이었습니다. 기습을 받은 우리들은 대열이 무너지고 뿔뿔이 흩어지면서 제각기 살길을 찾아 도망쳤습니다. 이밖에 바위에나 나무덩굴에 숨어 있다가 활시위와 화살을 주워 가져오는 사람도 있습니다. 바위쇠가 그런 무사 중 한사람이었습니다. 내가 바위쇠 곁으로 기어갔을 때 산등성이에서 활을 쏘기만 하던 백제군들이 일제히 공격했습니다. 이에 신라군은 맥을 추지 못하고 패주에 패주를 거듭했습니다. 이때 바위쇠와 나는 걸음아 날 살려달라고 외치면서 무조건 앞으로 달렸습니다. 어떤 개울에 도착했을 때 바위쇠의 안주머니에서 석경이 떨어졌습니다. 이때 우리는 죽느냐 사느냐의 귀로에 놓여 있었지만, 바위쇠는 아랑곳 하지 않고 발걸음을 돌려 거울을 찾으러 갔습니다. 나는 바위쇠를 생각할 겨를도 없이 살겠다는 일념으로 무조건 앞만 보고 뛰었습니다. 내가 본진으로 돌아간 것은 날이 샐 무렵이 되었습니다. 내가 바위쇠를 끝까지 기다렸지만 결국 돌아오지 않았습니다."

검달의 이야기가 끝나자 마을사람들은 동시에 긴 한숨을 내쉬었다. 그리고 출정한 젊은이들의 가족들은 소리를 지르며 울부짖었다. 복사녀는 바위쇠가 떨어진 석경을 찾기 위해 돌아섰다는 말에 눈물을 흘리며 자리를 떴다. 그리고 곧장 언덕마루를 향해 걸음을 옮기면서 중얼거렸다.

"그분이 석경 때문에 죽었단 말인가? 그것이 사실이라면 내가 죽인 것이나 마찬가지다. 하늘도 무심하구나. 무심해…. 내가 그분을 죽게 하다니…."

동짓달 차가운 바람은 그녀의 머리칼을 사정없이 휘날렸고, 마음 또한 얼어붙을 것 같았다. 마침내 복사녀는 언덕마루에 힘없이 엎어져서 흐느꼈다. 이후부터 복사녀는 집 안팎에서 벙어리처럼 말을 하지 않았다. 밤이 되면 잠을 자지 않았고 낮에도 집안일을 하지 않았으며, 하루 종일 멍하게 먼 산만 쳐다보았다.

그런 그녀를 바라보는 부모의 걱정은 이만저만이 아니었다. 어떤 곡절이 있다는 것은 눈치를 챘지만, 그것이 무엇인지는 정확하게 알 수가 없어서 속만 태우고 있었다. 그 때 검달과 복사녀와 혼담이 오갔다. 딸이 걱정되던 부모는

그렇게라도 해서 새 삶을 찾게 해주는 것이 좋다고 생각했다. 검달 역시 그녀를 아내로 맞이하기 위해 온갖 노력을 했고, 그의 부모 또한 그녀를 좋아했다. 이제 남은 것은 결혼식을 올리는 절차뿐이었다. 그렇지만 복사녀는 세상사 모두가 귀찮아 결혼에 대한 아무런 반응도 없었다.

다른 해보다 눈이 유난히 많이 쌓인 새해 정월 말, 복사녀가 검달의 아내가 되기 바로 전날 밤이었다. 복사녀 집에서는 자정이 넘을 때까지 음식준비에 바빴다. 얼마 후 준비를 끝낸 사람들은 피곤에 빠져 곤하게 잠들었다. 이때 복사녀는 몰래 집에서 빠져나와 뒷산으로 향했다. 겨울밤의 차가운 공기는 귀와 코를 도려내는 듯 했지만, 이상하게도 춥다는 것을 느끼지 못했다.

'내가 검달의 아내가 되는 것은 정말 웃기는 운명이구나.'

그녀는 눈이 무릎까지 빠지는 골짜기를 헤치고 마침내 애기소로 도착했다. 애기소는 바위쇠와 사랑을 나눴고 맺은 곳이다. 하지만 평평하던 반석은 눈 속에 묻혀서 보이지 않았다. 다만 깊이를 알 수 없는 애기소의 물만이 추위를 비웃는 듯 찰랑거리고 있었다. 복사녀는 아무런 생각 없이 못가에 주저앉았는데, 이미 추위를 느낄 수 있는 감각이 사라진지 오래되었다.

'내가 검달에게 시집가는 것보다 차라리 애기소에 몸을

던져 저승에 가 있는 임을 만나는 것이 낫겠다. 이승에서
풀지 못한 사랑 저승에서 맘껏 풀겠다.'

그녀는 어금니를 깨물고 치마폭으로 머리를 뒤집어썼다.
이때 눈앞에 떠오르는 것은 바위쇠의 얼굴이었다. 이와 함
께 주체할 수 없었던 것은 달아오른 그녀의 아랫도리였다.
이 순간 마을 쪽에서 두 번째 닭이 울었다.

'아~ 날이 밝는구나. 날이 밝으면 안 되는데….'

이렇게 중얼거리면서 몸을 솟구쳐 애기소에 몸을 던졌다.
잔잔했던 애기소의 물결은 반대편까지 퍼져나갔다. 이런
슬픔을 간직한 노룻골의 겨울도 어느덧 지나가고, 봄이 찾
아왔다. 그러던 어느 날 동구 밖 길에서 다리를 절면서 걸
어오는 병신이 있었다. 이때 밭갈이를 하고 있던 검달이
그를 멀뚱히 바라보았다. 얼마 후 그가 검달에게 가까이
다가왔다.

"검달이, 바위쇠라네!"

이 말을 들은 검달은 놀라고 한편으로 어리둥절했다.

"바위쇠라고?"

지금까지 죽었다고 생각했던 바위쇠가 멀쩡하게 살아서
돌아왔다. 그러자 온 마을이 발칵 뒤집히고 말았다. 절름
발이가 되어 돌아온 그를 맞이한 집안사람들은 기쁨의 눈
물을 감추지 못했다. 또한 이들과 함께 복사녀 부모 또한
원통한 눈물을 한없이 흘렸다. 이어 바위쇠는 자신이 살아

온 경위를 설명했다.

"백제군의 기습을 받던 그날 밤, 나는 떨어진 거울을 집다가 넓적다리에 화살을 맞았습니다. 하지만 나는 살기 위해 다리를 절면서 힘껏 뛴 결과 적군의 눈을 피할 수가 있었지요. 산을 헤매다가 산중에 이름도 없는 마을로 들어가 화살 맞은 다리를 치료하면서 겨울을 났습니다. 난 치료를 더해야한다는 마을사람들을 뿌리치고 복사녀가 보고 싶어 다리를 절면서 고향으로 돌아왔습니다."

그가 돌아온 그 다음날 바위쇠는 복사녀에 대한 소식이 궁금해 검달을 찾아갔다.

"침구! 복사녀는 잘 있겠지?"

"?"

검달은 그의 물음에 아무런 말도 못했다.

"무슨 일이 있는가? 왜 말이 없어?"

"이보게! 복사녀는 죽었다네."

"…? 복사녀가 죽었다고! 거짓말이지, 자네!"

"사실일세. 그녀는 물에 빠져서 자살했네. 아마 죽은 지가 꽤 오래되었지."

"무슨 소리를 하는 것냐? 혹 네 녀석이? 이 자식!"

말과 함께 바위쇠의 주먹이 검달의 얼굴로 날아갔다. 그러자 검달은 외마지 비명을 지르며 땅바닥에 쓰러졌다. 바위쇠는 쓰러진 검달에게 달려들어 사정없이 발길질을 해댔다.

"네 놈이 못살게 굴어서 자살한 것이지? 응! 바른대로 말하란 말이야!"

극도로 흥분한 바위쇠의 몸은 사시나무처럼 떨렸다. 그는 하늘을 바라보며 두 팔을 벌려 크게 표호하면서 울었다. 두 사람의 비극은 전쟁이 낳은 비극이라고 할 수 있다.

응응응은 천생연분

어떤 선비가 미녀 첩을 들였는데, 어느
날 첩이 고향에 다녀오겠다고 청했다. 그러자 선비가 종을
불러 이렇게 말했다.
"남녀 간의 색을 알지 못하는 자로 딸려서 보내라."
그런 다음 선비는 집안의 종들을 모두 불러 모아 물었다.
"너희들은 옥문이 어디에 있는지 알고 있느냐?"
그러자 여러 종들이 웃으면서 대답하지 않았다. 이때 겉
으로 어리석게 보이지만 속으론 음탕한 종 한 놈이 대답했
다.
"어디긴요, 양미간에 있지요."
선비는 속으로 웃으면서 그에게 첩과 함께 가도록 했다.
얼마 후 첩과 종이 큰 냇가에 도착하자, 첩은 종에게 말안
장을 풀게 한 다음 쉬어가자고 했다. 그녀가 쉬는 동안 종
은 벌거벗고 개울 속에서 미역을 감았다. 이때 첩이 종의
뻣뻣하고 좋은 물건을 보자 이에 반해서 농담을 던졌다.
"네 다리사이에 붙어있는 고기 막대기가 무엇이더냐?"
첩의 말에 종놈이 대답했다,

"태어날 때부터 붙어있던 혹이 점점 커져서 지금 이만큼이 되었습니다."

"나 역시 태어날 때부터 두 다리 사이에 작은 홈이 파였는데, 점점 커져서 지금은 깊은 구멍이 되었다. 이제 너의 그 뾰족한 것으로 나의 홈으로 넣으면 즐겁지 않겠느냐?"

그래서 첩과 종놈이 서로 간통하게 되었다. 이때 선비는 종놈을 믿지 못해 뒤를 따라왔다가 언덕위에서 이들의 짓거리를 보았다. 두 사람은 곧이어 숲속으로 들어가 환희의 극치에 이르렀다. 이에 선비는 고함을 치면 산을 내려 두 사람을 다그쳤다.

"너희 연놈들이 지금 무슨 짓을 했는지 아느냐?"

선비의 물음에 종이 울면서 고했다.

"아씨가 저 끊어진 다리를 건너지 못해 소인이 아씨의 옥체에 한 곳이라도 상처를 없게 하고자 받들어 모셨습니다. 다만 배꼽 아래 두어 치 되는 곳에 한 치쯤 되는 구멍이 있는데, 소인이 그 깊이를 측량할 수가 없었습니다. 그래서 바람 독이라도 입지 않게 하기 위해 두려워서 지금 그것을 보수라고 있는 중입니다."

이 말을 들은 선비가 이렇게 말했다.

"그놈! 너의 어리석음이 진실하구나. 그것은 천생의 구멍이기 때문에 장차 삼가 손대지 말라!"

옥문으로 들어간 쥐의
난동

경상도 어느 시골에 중년과부 한사람 이 살고 있었다. 그 과부는 눈같이 흰 살과 꽃 같은 얼굴의 미인이었기 때문에 남자들을 유혹하기가 쉬웠다. 더구나 그녀를 한번 본 남자들은 하나같이 반해버리기 일쑤였다. 그녀는 가난하지 않지만 자녀를 두지 못했다. 그 대신 떠 꺼머리총각을 머슴으로 두고 있었다. 그 총각은 천생이 우 둔하고 우매해서 숙맥을 분간하지 못했기 때문에 과부 집 에 적격인 머슴이었다.

어느 날 과부가 우연하게 자신의 침실모퉁이에 작은 구멍 을 보았는데, 그곳에서 쥐 한마리가 들락거렸다. 이튿날 밤에 과부가 쥐를 잡기 위해 치마를 들고 쥐구멍에다가 오 줌을 쌌다. 그러자 쥐가 뛰쳐나오다가 문득 구멍을 발견하 고 뛰어 들어갔다.

그곳은 바로 과부의 옥문이었다. 쥐는 구멍이 좁고 어두 워서 도저히 방향을 잡을 수가 없었다. 그러다가 다른 구 멍을 찾기 위해 머리를 이러 저리 돌리자 과부는 쾌감에 정신을 차리지 못했다. 하지만 시간이 너무 길어서 지친 과부는 쥐를 밖으로 나오게 하기 위해 고민했다. 그러나 혼자서 할 수 없는 일이었기 때문에 급하게 머슴을 불렀다. 머슴은 눈을 비비면서 안방으로 들어갔다. 이때 과부가 옷을 벗고 침상 위에 누워서 추파를 던지고 있었다. 그러다가 갑자기 머슴의 옷을 벗기고 함께 이불 속으로 들어갔다. 머슴은 처음 당하는 일이고 더구나 음양의 이치를 몰라서 과부가 유도하는 대로 따라갔다. 얼마 후 머슴은 이치를 깨닫고 극한의 환희로 접어들었다. 이때 쥐란 놈이 막대기 같은 것이 자꾸만 들락거리면서 자신을 머리를 두들기자 화가 나 귀두를 깨물었다. 그러자 머슴이 놀라면서 공중으로 몸을 솟구치자 쥐가 귀두를 문 상태로 구멍에서 나왔다. 이 후부터 머슴은 여자를 이렇게 알았다.

'앞으로 여자를 조심해야겠구나. 여자의 배 중간에는 깨무는 쥐가 살고 있구나.'

라고 중얼거리면서 평생 동안 여자를 멀리했다고 한다.

조선시대 여장남자
설죽매의 복수

 조선 중엽, 임금은 정사를 뒤로 한 채 대궐 깊숙이 들어앉아 주색에 사로잡기에 여념이 없었다. 이로 말미암아 간신들은 정권을 마음대로 휘두르고 붕당을 조성해 다투었다.
 이런 붕당 속에서 권력을 잡은 세도가 집안에 청수靑水라는 장안의 유명한 건달이 있었다. 그는 세도가의 자손이라 무자격임에도 불구하고 충청도 어느 고을의 원님으로 부임하게 되었다. 이 고을은 산수가 빼어나면서 생활에 필요한 모든 것이 갖춰져 있고 들에는 오곡이 풍성했으며, 산에는 백과가 있어서 살기 좋은 고장으로 이름난 고장이다. 그래서 이 고을 사람들은 다른 고을보다 부자들이 유난히 많다.
 그 부자들 중 임원林原은 이 고을에서도 최고의 부자다. 이 당시는 자신의 세도를 이용해 백성들의 재물을 빼앗거나 부정으로 부자가 되었지만, 그는 자신이 노력으로 정정당당하게 재물을 모았다. 그는 부자이지만 모든 거지들을 집으로 불러 숙식을 제공했고, 나그네들 또한 며칠씩 식객으로 머물기도 했다. 이러 까닭에 그의 집은 매일 문전성

시를 이뤘다.

그에게 약점이 있다면 평민출신이라는 것인데, 이로 인해 고을양반들에게 항상 학대와 무시를 당했다. 이때는 양반이 아니면 이름도 없고 자손 또한 벼슬에 나아가지 못했으며, 아무리 똑똑해도 별 볼일 없었다.

그의 슬하에는 미랑美娘과 중호重浩라는 남매를 두었다. 그중 열일곱 살 된 딸이 있었는데, 빼어난 미인으로 소문나면서 여러 곳에서 혼담이 오갔지만 잘 성사되지 않았다. 그 이유는 양반이 아니었기 때문이다. 그래서 상놈자식 중에서 인물을 골랐지만 마땅한 사람이 없었다.

"미랑을 시집보내야 할 텐데."

"중호도 벌써 열다섯 살이 되었습니다."

당시는 결혼 적령기는 남자가 열두 서너 살이고 여자가 열서 너덧 살이었다. 그래서 결혼 시기가 늦었다는 말이다. 동생 중호도 누나 못지않게 미남이었는데, 미랑을 닮아 여성처럼 피부가 희고 예뻤다. 더구나 재주가 뛰어나고 서당에서 사서삼경을 배웠지만, 양반이 아니기 때문에 과거를 볼 수가 없었다. 이에 중호는 아버지에게 원망도 해봤지만 아무런 소용이 없었다. 그러자 임원은 이렇게 중얼거렸다.

'가난한 양반을 찾아서 땅이라도 떼 주고 양자로 가면 과거를 볼 수가 있는데….'

그의 중얼거리는 소리를 들은 중호가 이렇게 말했다.

"아버님, 싫습니다. 남의 집으로 가서 벼슬을 하는 것보다 차라리 우리 집에서 농사를 짓는 것이 훨씬 좋습니다. 그런데 아버님. 우리 집안이 양반이 되지 못한 이유라도 있습니까?"

"우리 집안도 고려 때는 양반이었다. 하지만 고려가 망하고 조선이 세워졌는데, 우리 선조들이 조선개국에 동참하지 않았다면서 평민으로 강등시켰기 때문이다."

"그러면 지금 양반들은 모두 나쁜 사람들이군요."

"그렇다고 할 수 있지."

이 고장 토반의 행패는 다른 고을보다 더 심해서 평민들이 편안하게 살 수가 없었다. 임원 역시 원님과 양반들에게 재물을 뜯겼고, 억울한 것이 한두 가지가 아니었다. 그렇지만 나라가 어지럽고 부패했기 때문에 호소할 곳도 없다.

청수는 부임하면서 이방을 자산의 심복으로 만들었고, 그에게 고을 최고의 명기를 불러 수청을 들게 하면서 재물을 긁어모으는 방법까지 지시했다.

"이방, 고을 상놈 중 누가 부자냐?"

"임원이란 놈입니다."

"그 놈의 재산을 어떻게 하면 빼앗을 수 있겠느냐?"

"트집을 잡아 족치면 해결될 것입니다."

"트집 잡을 좋은 방도라도 있단 말이냐?"

이방은 간사한 웃음을 띤 채 원님 청수의 귀에다가 속닥거렸다.

"그래! 그렇게 예쁜 딸이 있다고? 그렇게 하면 일거양득이겠구나. 하하하!"

그로부터 며칠 후, 이방이 사령을 앞세우고 임원의 집으로 찾아왔다.

"이방나리가 웬일로 납시었소?"

"원님께서 자네의 고명한 딸을 보시자고 하네."

"무슨 일로?"

"난들 알겠나. 원님의 속마음을…. 그저 미랑의 소문을 듣고 그러시는 것 같네. 혹시 중신이라도 할지 누가 알겠나?"

"농담도 잘하시는구려. 원님이 매파라도 됩니까?"

"군말이 많은가? 자네는 원님의 명을 거역하겠단 말인가? 명을 어기겠다면 네 딸년을 추포할 것이다!"

"이방나리, 아무리 원님이라고 해도 남의 집 처녀를 죄도 없이 잡아간단 말이오?"

임원은 원님 청수가 딴 마음을 품고 있다는 것과 이방이 그를 부추겼다는 것도 알았다.

"웬 잔말이 많은가! 자꾸 이러면 가만두지 않겠다!"

이방의 큰소리에 중호가 문을 열고 나왔다.

"아버님, 무슨 일입니까?"

"기가 막히는구나. 글쎄, 원님이 네 누이를 보시자고 하는 구나."

"무슨 이유로 그런답니까?"

"나도 왜 그러는지 알 수가 없구나."

이 말을 들은 중호가 이방을 향해 말했다.

"이방나리, 그렇게 할 수 없소."

"어린 녀석이 뭘 안다고 나서느냐! 에잇, 저리 비키지 못할까!"

이방은 중호의 왼쪽 뺨을 후려치면서 사령들에게 명령했다.

"여봐라! 어서 계집년을 끌어내라!"

벙거지에 육모방망이를 옆구리에 찬 사령들이 방으로 들어가 미랑을 끌고나왔다. 미랑은 갖은 몸부림을 쳤지만, 어느새 가마 속으로 들어와 있었다. 그때 임원과 온 식구들이 가마로 몰려들자, 다른 사령들이 막는 바람에 미랑을 태운 가마는 사라지고 말았다. 임원과 중호 부자는 가마를 따라 관가로 달려갔지만, 매만 맞고 쫓겨났다. 억울했지만 호소할 곳이 없었다. 그 다음날 임원은 아전을 통해 돈과 땅문서를 바쳤지만 미랑을 풀어주지 않았다. 미랑은 자신이 왜 잡혀왔는지 그 까닭은 모르고 있었다. 얼마 후 원님 청수가 그녀를 찾아와 쳐다보면서 말했다.

"흠~ 과연 절세미인이구나! 몇 살이냐?"

"열일곱 살입니다."

"한참 꽃다운 나이로구나. 오늘밤 내게로 와 수청을 들도록 해라."

"원님께서는 사람을 잘못 본 것 같습니다. 저는 기생이 아닙니다."

"그래, 알고 있다. 지금부터 한양에 있는 마누라대신 소첩 노릇을 하란 말이다. 그러면 너는 이곳에서 부귀영화를 누릴 수가 있지 않느냐."

"원님, 제 목숨이 붙어있는 한 그렇게 할 수가 없습니다."

"쓸데없는 고집을 버려라. 이곳에 들어온 이상 너는 내 물건이다. 알겠느냐!"

"원님은 백성을 다스리라는 벼슬인데, 처녀를 잡아다가 강간함은 옳지 않습니다."

"얼굴도 얼굴이지만 목소리가 쟁반에 구슬 굴러가는 것 같구나. 허허허!"

밤이 되자 원님 청수는 술상을 차려오게 해 먹고, 하인에게 이불을 깔게 한 다음 밖에서 문을 잠그게 했다. 그리고 그는 자신의 옷을 벗고 미랑의 옷을 벗기면서 말했다.

"우리 예쁜이~ 오늘 나와 함께 첫날밤을 치르자꾸나. 오늘 내가 사내 맛이 무엇인지 가르쳐주겠다!"

그는 능청스럽게 덤벼들었고, 미랑은 그를 밀어내면서 소리쳐 울었다. 하지만 그는 짐승처럼 막무가내로 덤벼들자

포기한 미랑이 꾸짖으면서 말했다.

"정히 원한다면 정식으로 육례를 갖춰 저를 맞으시오. 이런 무례한 짓이 어디 있습니까?"

그녀의 이런 말에도 그의 무례한 행동은 계속되었다.

"그런 예법은 다음에 해도 된다. 상놈에게 시집가는 것보다 나 같은 원님에게 몸을 바치는 것이 영광일 것이다."

"제발, 제발. 절 놔주세요. 이러시면 안 됩니다!"

몸부림쳐봤지만 힘이 약한 여자이기에 결국 옷이 벗겨지고 말았다. 결국 원님 청수에게 강간을 당하고 말았다. 원님 청수는 자신의 물건으로 정신없이 그녀를 능욕하고 있었다.

하지만 이상하게도 그녀의 몸이 점점 차가워지는 느낌을 받았다. 더구나 그녀가 아무런 몸부림도 없이 가만히 있자, 원님 청수는 아예 단념하고 자신을 받아들이는 것으로 생각했다. 얼마 후 욕심을 채운 원님 청수는 한숨을 돌리면서 그녀의 얼굴을 쳐다보았다.

그 순간 원님 청수는 깜짝 놀라면서 자신의 손을 그녀의 코에 갖다 댔지만 이미 숨이 끊어진 뒤였다. 어쩔 수 없이 하인과 아전을 불러 응급치료를 해보게 했지만 소용이 없었다.

"원님, 이미 숨이 끊어졌습니다!"

아전의 말에 분위기가 깨지면서 원님 청수의 이마에는 식은땀이 흘렀다.

그는 그녀의 아름다운 육체에 빠져 죽은 시체와 관계를 했던 것이다. 그는 강간하다가 처녀를 죽인 것에 대한 양심의 가책으로 무섭기만 했다. 그러나 이미 엎질러진 물이어서 어떻게 처리할 수가 없었다.

"여봐라! 새벽에 임원의 집으로 시체를 옮기고, 자결 또는 기절했다고 둘러대라."

다음날 새벽에 임원의 집으로 미랑의 시체가 옮겨졌고 가족들은 딸의 죽음이 너무나 황당했다. 어제까지 멀쩡하게 살아있던 딸이 송장으로 변한 것이 너무나 원통했다.

"예야, 무슨 곡절로 이렇게 죽었단 말이냐?"

그러면서 임원이 사령에게 묻자 이렇게 대답했다.

"잘을 모르겠지만…. 원님께서 귀여워해주셨는데, 밤중에 자결을 했는지 기절을 했는지 우리는 알 수가 없습니다."

"무슨 소리를 그렇게 하는 것이냐? 반드시 사연이 있을 것이다."

그런 다음 임원은 미친 사람처럼 관가로 뛰어 들어갔다. 그러자 사령들이 막고 때렸지만, 아무도 그를 막지 못했다. 그는 곧바로 원님 방 앞으로 찾아가 소리쳤다.

"네, 이놈! 내 딸을 왜 죽였는지 그 까닭이나 들어보자!"

임원의 노한 말에도 원님 청수는 얼굴을 보여주지도 않고 나오지도 않았다. 그리고 임원은 관가에서 쫓겨나고 말았다.

 사흘 후 미랑을 태운 상여는 동네를 가로질러 북망산으로 향했다. 이 광경을 지켜본 고을사람들도 그녀를 동정해 눈물을 흘리면서 이야기했다.

"쯧쯧, 원님의 수청을 거절해서 죽은 것이야."

"그게 아니야. 원님이 강간해서 기절했다고 하던데?"

"강간당하고 자결했다고도 하던데."

 고을 민심은 요동쳤고, 장례를 치룬 임원은 하루도 빠짐없이 관가를 찾아가 호통 쳤다.

"청수 이놈! 나와서 내 딸을 왜 죽였는지 말해라!"

 원님 청수는 임원의 이런 행동 때문에 나쁜 소문이 더 퍼질 것을 두려한 나머지 그를 옥에 가뒀다. 하지만 딸을 잃은 임원을 옥에서도 자신의 딸을 살려내라며 고함을 질러댔다. 그의 식구들은 미랑의 죽음과 아버지까지 억울하게 옥에 갇혔지만, 호소할 곳이 전혀 없었다. 만약 사또나 그 윗선에 억울함을 호소해도 그들은 분명 원님을 두둔할 것이 분명했다. 그리고 임원을 옥에서 끄집어내기 위해 아전들에게 준 돈과 전답이 많았다.

 하지만 그들은 다른 변명을 하면서 임원을 풀어주지 않았다. 임원은 원통하고 분해서 음식도 먹지 못하고 수면까지 부족해 결국 병이 들고 말았다. 그날부터 그의 몸은 점점 쇠약해져 갔다. 이때 이방이 원님 청수에게 임원이 다 죽게 되었다고 보고했다.

"여기서 그놈마저 죽으면 골치가 아프다. 어서 석방해라!"

병이든 임원이 석방되어 집으로 왔지만 다 죽어가고 있었다. 아들 중호가 유명한 의원을 동원하거나 좋은 약을 썼지만 임원의 병은 점점 깊어만 갔다. 비오는 어느 날 밤, 임원은 아내와 아들을 바라보면서 원수를 갚으라는 말을 남기고 죽었다.

장례를 치른 아들 중호와 아내는 텅 빈 집으로 돌아와 울기만 했다. 그러다가 아버지 임원이 원수를 반드시 갚으라는 유언이 생각났다.

그는 원수를 갚기 위해 가슴에 칼을 품고 관가로 갔지만, 경계가 너무 삼엄해 잠입할 수가 없었다. 그러던 몇 달 후, 갑자기 원님 청수가 한양으로 갔다는 소문을 들었다. 그것도 서울로 올라가면서 내직으로 영전이 되었다는 것이다. 세도가의 집안이지만 백성들에게 착취한 재물을 상관에게 뇌물로 바쳐서 그렇게 된 것이었다.

중호는 원님 청수가 한양으로 갔기 때문에 원수를 갚을 길이 막막해서 실망했다. 그래서 중호는 오로지 원수를 갚아야겠다는 일념으로 한양으로 가려고 했지만, 병석에 있는 어머니를 홀로 두고 떠나기가 어려웠다. 그렇지만 용기를 내서 어머니에게 말했다.

"어머니 잠시 동안 한양에 다녀오겠습니다."

"한양에는?"

"네, 어머니. 원수 놈에게 복수하려고 그럽니다."

"아직도 나이가 어린데, 가능하겠느냐? 내 생각에 위험할 것 같아서 그러느니라."

"걱정하지 마세요. 제게도 생각이 있습니다. 다만 편찮으신 어머니를 홀로 두고 떠나기가 죄송할 따름입니다. 그렇지만 아버님의 유언과 차가운 땅속에 누워있는 누이를 생각해서라도 기필코 원수를 갚아야만합니다."

"알겠다. 네 뜻이 그렇다면 어찌 말리겠느냐? 한양에 가면 몇 달이나 걸리겠느냐?"

"어머니, 몇 달을 가지고는 부족합니다. 아니 몇 해가 걸릴 수도 있습니다."

"그동안 내가 죽지 않고 살아있어야 하는데…."

열여섯 살의 중호는 노잣돈을 두둑하게 장만해 괴나리봇짐에 넣고 집을 떠나면서 이웃집 수동 어머니에게 집일을 부탁했다. 집을 나선 중호는 한양을 향해 쉬지 않고 걸어갔다. 해가지면 주막에서 머물고 또 길을 걸으면서 어머니의 건강을 하늘에 빌었다. 서울근처에 도착한 중호는 입었던 옷을 벗고 누나 미랑 옷으로 갈아입었다.

그리고 머리를 땋아 자주색댕기로 묶자, 절세미인의 소녀로 바뀌었다. 중호는 지금부터 여자행세를 하려고 생각한 것이다. 그래야만 미인만 밝히는 원님 청수에게 다가갈 수 있다고 판단했기 때문이다.

중호는 남자지만 누나 미랑을 닮아 얼굴이 예쁘고 살결까지 희었으며, 목청까지 미성이라 완벽한 여자로 보였다. 한양으로 들어온 청수는 어마어마한 장안규모에 놀랐다.

"이곳이 바로 임금님과 정승들이 사는 곳이구나. 반드시 원수를 갚을 것이야!"

이렇게 다짐한 중호는 여기저기를 돌아다니다가 어느 노부부가 살고 있는 집으로 들어가 하숙을 청했다. 그러자 노부부가 중호에게 물었다.

"처녀는 어디서 오는 길이오?"

"충청도에서 왔습니다. 한양에서 가무를 배우려고 합니다."

"보아하니, 처녀의 얼굴이면 배워둘만하네."

당시 사회의 기생은 지조와 함께 가무에 능해 멸시나 천대를 받지 않았다. 여장남자 중호는 어머니 생각에 노파를 친어머니처럼 따랐고 노파역시 딸처럼 귀여워했다. 중호는 노파의 소개로 가무를 가르치는 남자와 여자선생을 만났다. 여장남자 중호는 노래와 춤을 배우기 시작했는데, 얼마 되지 않았지만 가무가 출중했다.

"너처럼 빨리 배우는 아이가 없었는데, 내 생각에 넌 타고난 끼가 많은 것 같구나."

두 선에게 배운 기간이 벌써 일 년이 되었다. 하지만 한시

"기생으로 나서도 충분한 실력이 되었구나. 너는 장안에
서는 최고의 기생이 될 것이다."

여장남자 중호는 작은 집을 한 채 마련해 독립생활을 하
기로 했다. 당시는 기생이 집을 마련해 놓으면 손님들이
찾아오거나 혹은 대갓집이나 대궐연회에 불려가는 것이었
다.

남장여자 중호는 원님 청수의 집근처에 집을 얻었다. 청
수의 집은 대궐처럼 웅장했고 내직으로 상당히 높은 벼슬
에 올라있었다. 아니나 다를까 청수는 옛날처럼 지금도 기
생집 출입이 잦았다.

남장여자 중호는 국희라는 하인을 두었는데, 자신의 나이
보다 한두 살 아래로 하숙집 주인 노파의 조카딸이었다.
그는 기생수업을 졸업하는 순간 자신의 이름을 설죽매雪竹
梅라고 지었다. 설죽매는 글도 잘 짓고 글씨도 잘 썼으며
그림과 가야금까지 능했다. 이에 설죽매는 단번에 장안의
최고 명기로 이름이 났다.

처음 설죽매는 국희와 딴방을 썼지만 매일 아침저녁으로
얼굴을 대하면서 정이 들고 말았다. 하지만 국희는 설죽매
가 남자라는 사실을 꿈에도 생각하지 못했다. 설죽매를 보
기 위해 장안의 남자들은 하루도 빠짐없이 구름처럼 몰려

들었다. 설죽매를 한번 본 남자들은 한눈에 반해 어쩔 줄
을 몰랐다. 하지만 원수인 청수는 코빼기도 비치지 않았
다. 하지만 언젠가는 나타날 것이라는 기대감에 실망하지
않고 기다렸다.

 어느 날 밤, 손님들과 한바탕 전쟁을 치른 국희가 누워있
는 설죽매에게 다가와 말했다.

"아씨는 어떻게 해서 사내들을 휘어잡습니까?"

"절대로 부러워하지 말아야 한다. 얼마 후면 난 기생을 그
만둘 생각이야. 여자란 시집가서 아들딸 낳고 살림하는 것
이 제일이지."

 국희는 설죽매의 이야기를 듣다가 피곤했는지 옆에서 쓰
러져 잠이 들었다. 국희는 잠결에 설죽매의 품으로 기어들
어왔다. 설죽매는 무의식중에 국희를 꼭 껴안자, 갑자기
잠에서 깬 국희가 수줍은 듯 말했다.

"아씨, 전 시집안가고 항상 아씨 곁에 있을래요."

 이 말을 들은 설죽매는 국희에게 애욕을 느꼈고, 국희 또
한 마찬가지였다.

"그래, 우리 헤어지지 말고 둘이서 영원히 살자꾸나."

"아씨가 혼인하면 전 어떻게 해요?"

"그런 건, 걱정하지 않아도 돼요."

 포옹하는 두 사람은 서로 이상한 감정을 받았다. 그때 설
죽매는 정신을 차렸다.

"국희야, 어서 네 방으로 돌아가거라."

"아씨, 싫습니다요. 여기서 그냥 잘래요."

설죽매의 말을 무시한 국희는 더더욱 그의 품으로 달려들었다. 설죽매가 아닌 중호는 열일곱 살의 사내로 품에 처녀가 안기자 자연적으로 정욕이 발동된 것이다. 국희 또한 설죽매가 여자지만 이상하게 마음이 끌렸던 것이다. 설죽매가 국희를 밀쳐내면 그녀는 또다시 파고드는 것이 반복되었다.

어느 여름날, 청수가 같은 벼슬아치 두 사람과 함께 설죽매 집으로 왔다. 설죽매와 인사를 나눈 청수는 그녀를 뚫어지게 바라보면서 입을 열었다.

"자네, 나하고 면식이 있는 것 같은데…."

설죽매는 마침내 기다리고 기다리던 원수를 만나자, 반가우면서도 한편으론 가슴이 울렁거렸다. 또한 그가 자신을 뚫어지게 쳐다보자 자신의 본색을 눈치챌까봐 걱정도 되었다.

얼마 후 술상이 차려지자 그들은 술을 마신 다음 설죽매의 가무와 거문고를 들었다. 이때 청수는 설죽매를 향해 음흉한 눈길이 날카롭게 번뜩였다.

'호~오. 우리 옆집에 이런 명기가 있을 줄이야!'

이렇게 중얼거리면서 침을 삼켰다. 이를 눈치 챈 설죽매는 청수에게 추파를 던지기 시작했다. 청수 일행은 늦은 밤까지 가무를 즐기다가 집으로 돌아갔다. 그로부터 며칠 뒤 청수는 혼자 설죽매를 찾아왔다.

설죽매는 그와 함께 나란히 앉아 술과 음식을 먹던 중 원수라는 생각이 앞서 자칫 자신의 정체가 탄로 날 뻔했다. 그렇지만 설죽매는 완전한 기회를 잡기위해 맘을 가라앉혔다. 이날 설죽매는 온갖 교태와 아양으로 청수의 마음을 사로잡았다. 그 다음부터 청수는 몸이 닳아 하루가 멀다 하고 찾아왔다. 그러면 그럴수록 설죽매는 그의 애간장을 녹였다. 그러는 한편 청수를 죽이기 위해 남몰래 칼을 갈고 있었다. 그리고는 청수에게 몸을 허락하고 소첩으로 살림을 차린다는 명목으로 금은패물이나 돈을 요구했다. 그러자 청수는 자신의 재물을 아끼지 않고 설죽매에게 갖다 바쳤다.

이렇게 모은 재산이 아버지 임원이 가지고 있던 것보다 훨씬 많았다. 그러던 어느 날 청수가 애원하면서 졸랐다.

"이보게 설죽매, 언제까지 기다려야 되는가?"

"좋은 날을 받아야 합궁에 금상첨화가 아니겠습니까. 너무 조급하게 생각하지 마세요."

"내가 자네를 기다리다가 말라서 죽을 것 같네."

설죽매는 그의 성화에 못이기는 척하면서 합궁하는 날을 정했다. 설죽매는 그동안 지금까지 살고 있던 집을 처분하고 귀중한 재물을 모두 국희네로 옮기면서 비밀에 부치라

고 했다. 합궁하는 날이 되었다. 마음이 풍선처럼 부풀어 있던 청수가 찾아왔다.

"이보게, 국희는 어디 갔는가?"

"오늘밤 우리의 합궁을 위해 일부러 집으로 보냈답니다."

"자네는 정말 센스 쟁이야."

설죽매는 문을 안에서 완전히 잠근 다음, 청수와 단둘이서 주안상을 차려놓고 마셨다. 얼마 후 취기가 오른 청수가 설죽매를 바라보면서 이렇게 말했다.

"오늘따라 자네가 하늘에서 내려온 천사처럼 보이네."

화장을 진하게 한 설죽매는 진짜여자보다 더 요염하게 보였다.

"그런데 얼굴에 바른 분이 푸른빛이 띠는구먼. 생각이 나지 않지만 예전에 어디선가 본 듯한 얼굴이야…."

"나리도, 세상에는 비슷하게 생긴 얼굴이 많답니다요."

그러면서 설죽매가 거문고를 타기 시작했는데, 애틋한 봉황곡鳳凰曲, 비통한 제류곡堤柳曲, 원한이 사무친 황죽곡黃竹曲 등을 비롯해 맨 나중에 충천곡衝天曲을 탔다. 이 곡들은 모두 장엄하고도 섬뜩한 것들이었다. 설죽매는 충천곡이 끝날 때 일부러 거문고 줄을 힘껏 당겨 끊었다.

"자네, 괜찮은가?"

"…"

이때 청수는 이상스럽게도 가슴이 뜨끔하면서 불길한 예

감과 공포를 동시에 느꼈다.

"자, 그만하고 잡시다."

"네, 나리."

금침위에서 청수가 옷을 벗자, 설죽매는 속옷을 남겨둔 채 겉옷만 벗었다. 설죽매의 품속에는 시퍼런 칼이 숨겨져 있다. 두 사람은 나란히 누웠고 촛불은 창으로 들어오는 바람에 하늘거렸다. 밤이 깊어지면서 청수는 설죽매를 껴안고 좋아서 어쩔 줄을 몰랐다. 그러면 그럴수록 설죽매는 그를 밀어내면서 애간장을 태웠다. 그러자가 문득 청수에게 이런 말을 던졌다.

"나리. 한 가지 부끄러운 청이 있습니다."

"그래? 그것이 뭣이냐?"

"네, 저희 집에 대대로 내려오는 전통 하나가 있습니다. 첫날밤 남자가 여자위에서 사랑을 나누게 되면 남자는 반드시 복상사합니다. 그래서 첫날밤만은 여자가 남자위에서 사랑하는 것입니다. 그래야만 나리를 평생 모시지 않겠습니까?"

"허~어, 그래? 그것 참 이상한 전통도 있구먼. 그렇게 하세."

이에 설죽매가 청수의 배위로 올라가는 순간 시퍼런 칼을 꺼내면서 꾸짖었다.

"네 이놈! 나를 모르겠느냐?"

"이게 무슨 짓인가! 장난치지 말게나."

"이놈! 네가 고을 원님으로 있을 때 미랑이란 처녀를 강간해서 죽였지! 더구나 그 아버지 임원을 옥에 가두었다가 죽게 하지 않았느냐! 나는 죽은 미랑의 남자 동생이고, 임원의 아들이다!"

"뭐라고? 네가, 그 놈이라고."

"이제야, 날 알아보겠느냐! 이놈!"

"이보게, 날 살려만 준다면 뭐든지 다 들어주겠다."

"듣기 싫다. 내가 원하는 것은 오로지 네놈의 피뿐이다!"

이때 청수가 중호를 뿌리치자 그는 뒤로 나뒹굴었다. 그 순간 청수가 달려들어 그를 깔고 앉아 칼을 빼앗으려고 했다. 그때 중호가 힘을 다해 청수를 밀었는데, 술에 취한 그는 비틀거렸다. 더구나 그의 눈에는 자신이 강간할 때 죽은 미랑으로 보였다. 두려움에 떨고 있던 청수는 문을 박차고 나갔지만 대문이 잠겨있어 후원으로 도망쳤다. 그러자 중호는 칼을 겨누며 쫓아갔다. 얼마 후 청수는 숨을 헐떡거리며 살려달라고 애원했지만, 중호는 달려들면서 배를 찔렀다. 칼에 맞아 쓰러진 청수를 올라탄 중호는 온몸을 난도질했다. 그러자 청수는 입에서 피를 토하면서 마침내 숨이 끊어졌다.

중호가 그의 배위에서 일어나는 순간 아버지와 누나의 혼령이 나타났다. 이에 중호는 원수를 갚았다며 큰절을 올렸다. 닭 우는 소리가 멀리서 들리자 정신 차린 중호는 그의 시체를 뒷마당에 깊이 매장했다. 원수를 갚은 중호는 남자 옷으로 갈아입고 총각머리를 땋아 검은 갑사댕기를 드렸다. 여자 설죽매에서 남자 중호로 되돌아온 것이다. 그는 새벽동이 트는 순간 국희 집으로 달려갔다. 국희가 중호를 이상한 눈초리로 바라보면서 물었다.

"아씨, 왜 남복을 하셨습니까?"

"미안해, 원수를 갚기 위해 지금까지 여장남자로 행세하면서 국희까지 속였소. 지금 시간이 없어서 자세한 것은 다음에 천천히 얘기하겠소. 그리고 여자 설죽매는 이 세상에 없는 사람이란 것을 꼭 명심하시오. 난 지금 시골로 내려갔다가 모든 것을 정리하고 돌아와 그대에게 청혼할 테니, 그때까지 나를 기다려주오."

중호의 말에 고개를 끄덕인 국희는 부끄러워 얼굴이 빨갛게 변했다. 중호는 곧바로 고향으로 내려가 집과 땅을 모두 팔아서 정리한 다음 어머니를 한양으로 모셨다. 그런 다음 국희와 결혼해서 한평생 행복하게 살았다.

물거품이 된 선비의 언약

　　　옛날 어떤 고을에서 둘도 없이 친한 두
선비가 서울로 글공부를 하기 위해 함께 상경했다. 서울에
도착한 두 선비는 서로를 격려하면서 맹세했다.
"우리가 큰 뜻을 세우고 마땅히 학업에 정진해 입신양명
의 터를 닦고, 지조를 지켜 권문세도가의 문객이 되지 말
자."
　그러나 두 선비는 여러 세월이 지났지만 과거에 합격하지
못했다. 그러던 중 선비 갑은 스스로 이렇게 생각했다.
　'나이는 들어가고 아직 이름을 얻지 못했다. 그래서 권문
세도가에 부탁해 실리를 거두는 것보다 못하다.'
　그러던 어느 날 새벽에 몰래 권문세도가에 갔다. 대문이
처음 열리자 하인들이 늘어선 가운데, 뇌물을 가지고 기다
리는 사람들이 부지기수였다. 그는 여러 대문을 지난 후
대청 위를 바라보자, 촛불이 흔들거리고 주인대감이 관아
로 곧 출근하려는 것 같았다. 그는 합하(정일품 벼슬아치
를 높여 부르던 말)에 통명하자 청지기가 말했다.
　"주인대감께서 아직 일어나지 않았습니다. 잠시 기다리시

오."

 청지기가 갑을 객실로 안내해 문을 열고 들어갔는데, 이미 그곳엔 친구 을이 도착해 있었다. 얼굴이 마주친 갑과 을 두 사람은 서로가 부끄러워 자리에서 박차고 일어나 각자 흩어졌다. 이 말을 들은 사람들 중 웃지 않는 사람이 없었다고 한다.

미인의 치마끈 푸는 소리

정송강鄭松江과 유서애柳西崖가 교외로 나가자, 때마침 이백사李白沙, 심일송沈一松, 이월사李月沙 등도 함께 자리했다. 이들은 술이 얼근해지면서 서로가 소리에 대한 품격을 논했다.

먼저 송강이,

"맑은 밤, 밝은 달에 다락 위에서 그릇을 가리는 소리가 제일 좋을 것이야."

심일송이,

"온 산에 붉게 단풍으로 물드는데 바람 앞에 원숭이 우는 소리가 제격일 것이야."

유서애가,

"새벽 창가 졸음이 밀리는데 술독에 술 거르는 소리가 으뜸일 것이야?"

월사가,

"초가집에 재주가 있는 자의 시 읊는 소리가 아름다울 것이야."

백사가,

"여러분의 소리들은 칭찬하는 말씀이 모두가 그럴듯합니다. 그러나 사람에게 가장 듣기 좋은 것은 부인의 방에 촛불이 아름답게 비치는 밤에 미인의 치마끈 푸는 소리가 어떠하겠소?"

이 말에 모두 웃고 말았다.

남자는 모두 엉큼한 색광

현묵자玄默子 홍만종洪萬宗의 당숙 영안
도위永安都尉가 연경으로 가다가 요소遼蘇 사이에 도착했다.
이때 군관 네 명이 어떤 여염집을 찾아가 바깥채에서 묵으
려고 했다. 하지만 집안이 너무 조용하고 사람의 소리라곤
전혀 없다가 어떤 여자가 갑자기 나타났다.

"남편이 군관으로 멀리 나가 있고 소첩 혼자 집을 지키고
있어서 나그네를 재울 수가 없습니다."

말을 마친 여인은 곧바로 안으로 들어갔는데, 얼굴이 천
하의 미인이었다. 이날 밤 동료들이 잠든 틈을 타 군관 중
한 명이 여인의 방으로 들어가 거사를 치렀다.

밤이 깊어 옆에서 나는 소리를 들었는데, 그것은 친구의
코고는 소리였다. 이때 한사람이 반쯤 열린 여인의 방문을
보고 간통할까 했다. 그때 창밖에서 발소리가 점점 가깝게
들려와 방 옆에 있는 독 뒤에 숨었다. 하지만 이미 한사람
이 독 사이에서 몸을 엎드리고 있었다. 얼마 후 또 한사람
이 문을 열고 들어와 앉았고, 얼마 후 다른 한사람이 가만
히 기어들어와 앉았다. 그런 다음 또 한사람이 몰래 기어

들어와 자리에 뒤이어 앉았다. 이때 여인이 손뼉을 치면서 외쳤다.

"웬 늙은 종놈들이 약속도 하지 않고 이렇게 한곳으로 모여들었는가?"

그러자 독 사이에 모여 있던 네 사람이 제각기 뛰어나와 얼굴을 쳐다보았는데, 모두 일행들이었다. 이들 네 사람은 웃으면서 이구동성으로 말했다.

"옛날에 이른바 시인의 의견이란 모두 일반이었구나!"

어느 유부녀의 고백

옛날 어떤 청년이 이웃집에 살고 있는 유부녀를 사랑해 남편이 멀리 출타한 틈을 노려 강간하고 말았다. 그러자 여자는 자신의 행위가 탄로 날 것이 두려워 관가에 고발했다. 원님이 그녀에게 이렇게 심문했다.

"저놈이 비록 먼저 달려들었다고 하지만, 네가 허락한 이유는 무엇이냐?"

"그가 한손으로 내 두 손을 잡고, 한손으로는 저의 입을 막았으며, 또 한 손으로는 나를 범했습니다. 그래서 소첩은 그의 힘을 도저히 막아낼 수가 없었습니다."

"천하에 세손을 지닌 사람이 있단 말이냐? 이년, 너는 무고죄를 면하기 어렵구나!"

라며 거짓으로 화를 내자, 그녀는 두려워하면서 고백했다.

"손을 잡고 입을 막은 것은 그의 손이지만, 그것을 집어넣은 손은 소첩의 손이었습니다."

이 말을 들은 원님은 무릎을 치면서 웃었다.

용두질과 비럭질과 요분질

옛날에 문자 쓰기를 즐기는 부인이 살고 있었다. 어느 날 아들의 친구들이 놀러와 술상을 차려주고 바깥으로 나와 그들의 이야기를 들었다. 그들의 대화 중 용두질, 비럭질, 요분질이란 말이 오가는데, 도무지 무슨 뜻인지 알 수가 없었다.

용두질은 수음을, 비럭질은 사내끼리의 남색을, 요분질은 성교 때 여자가 아랫도리를 흔드는 것을 말한다. 호기심이 많은 부인은 참지 못하고 아들에게 뜻을 묻자, 아들은 난감한 표정을 지으며 대답했다.

"용두질과 비럭질은 남자들끼리 담배피우는 것이고, 요분질은 여자가 바느질할 때 쓰는 재주랍니다."

부인은 아들의 말을 그대로 믿었다. 때마침 얼마 전에 결혼한 딸과 사위가 집으로 찾아왔다. 그러자 어머니는 기회라고 생각하면서 입을 열었다.

"여보게, 사랑채에서 처남과 용두질이나 비럭질을 하면서 놀다가게나, 그리고 우리 딸은 맏며느리의 어진 덕이 부족해도 요분질에 능하다네."

　　장모의 말에 깜짝 놀란 사위는 집으로
돌아가 버렸고 이내 아내까지 친정으로
쫓아버렸다. 이에 처가는 당황했으며
아들이 어머니에게 이유를 듣고서 내막
을 자세하게 알게 되었다. 아들은 며칠
을 고민하다가 자신의 잘못을 깨닫고
매부를 찾아가 자초지종을 설명했다. 이에 매부는 한바탕
웃고 나서 아내를 다시 데려왔다.

누워서 침 뱉은 사정관의 창피

　현묵자玄默子 홍만종洪萬宗 장인 정상공鄭相公이 안찰사로
재직할 때 북경으로 떠나는 사신이 평양으로 왔다. 그러자
장인이 연회를 베풀어 그들을 위로했다. 이날 참석한 기생
중 얼굴에 주근깨가 많은 기생을 본 서장관書狀官이 희롱했
다.
　"네 얼굴에 주근깨가 많은데, 기름을 짜면 여러 되가 나오
겠구먼. 하하하."
　이 말을 한 서장관의 얼굴 역시 몹시 얽었는데, 기생이 그
의 말을 받아서 대꾸했다.
　"서장관께서는 얼굴에 벌집이 많은데, 꿀을 취하면 여러
섬 되겠습니다."
　기생의 말에 서장관은 할 말을 잃었는데, 장인은 그 기생
의 임기응변에 감탄해 상을 내렸다고 한다.

천하 거짓말쟁이의 탄로

옛날 양천현陽川縣에 신辛자 성을 가진 남자가 살고 있는데, 거짓이 많아 신뢰가 없었다. 어느 날 양화楊花나무 밑을 걷고 있을 때 상쾌한 바람이 불어오고 물결은 잔잔해 마치 비단결 같았다. 그가 뱃전에 비스듬히 기대고 앉아 자못 감탄한 말투로 중얼거렸다.

"만약 황사숙黃思淑이 이곳에 있었다면 가히 함께 시를 지었을 텐데…. 이 경치야말로 혼자 보기에 아깝구나."

이때 추포가 초라한 옷차림으로 함께 배에 탔다가 그 소리를 듣고 돌아보았지만, 전연 안면이 없는 사람이었다. 이상하게 생각한 그는 가까이 다가가서 물었다.

"혹시 황사숙을 잘 아시는지요?"

"그럼요, 잘 압니다. 그와는 어릴 적부터 함께 글을 읽어 친함은 두말할 것도 없고, 사숙은 시에만 능한 것이 아니라 사륙도 잘했지요. 위야사명화유거魏野謝命畵幽居란 표表를 지을 때 한 귀를 얻었습니다. 취죽창송 경동서지방불翠竹蒼松逕東西之彷彿(푸른 대와 푸른 솔은 길의 동서쪽이 비슷하다)이라고 한 다음 끝 글귀를 얻지 못하고 있을 때 내가

옆에서 청산녹수는옥상하지의희靑山綠水屋上下之依絡(푸른
산과 푸른 물은 집의 아래위가 비슷하다)라고 했는데, 어
찌 그 대對가 되지 않겠습니까? 사숙이 이것을 사용하면서
이 글귀가 한때 널리 애송되었습니다. 이것은 내 머리를
빌려서 만든 것입니다.”

 정말 기가 막히는 거짓말이었기에 추포는 마음속으로 비
웃으며 더 이상 따지지 않았다. 얼마 후 배가 뭍에 닿았고
배에서 내리던 신가는 추포를 잡고 말했다.

“함께 배를 타고 반나절이나 얘기하고 건넜으니, 이것은
우연한 일이 아닙니다. 서로 통성명이나 합시다. 나는 양
천 사는 신가인데 댁은 뉘시오?”

“예, 나는 황신입니다.”

 이 말을 들은 신가는 깜짝 놀라면서 부끄러워 물에 빠지는
것도 몰랐다. 이 소문을 들은 사람들은 배꼽이 빠지도록
웃었다.

사위에게 당한 장모

　　　　　시골에 어떤 늙은이가 살고 있었는데,
그는 자신의 딸을 너무 사랑한 나머지 사위를 고를 때, 주
두나무로 궤짝을 만들어 그 속에 쌀 쉰다섯 말을 넣고 사
윗감을 불러 물었다.

"이 궤짝은 무슨 나무로 만들었고, 이 속에 들어 있는 쌀
이 몇 말인가를 알아맞히면 사위로 삼겠다."

이렇게 하여 여러 사람에게 널리 물었지만, 그것이 무슨
나무인지 쌀이 얼마나 들어있는지 아무도 맞히지 못했다.
이에 따라 세월이 흐르면서 딸은 나이만 자꾸 먹었다. 그
래서 예전처럼 모여드는 사람들이 없음을 답답하게 생각
한 딸은 어떤 어리석은 장사꾼에게 몰래 가르쳐주었다.

"궤짝은 주두나무로 만들었고 그 속에 넣어둔 쌀은 오십
다섯 되입니다. 잘 기억했다가 대답하면 나의 짝이 될 것
입니다."

장사꾼은 딸의 말을 외웠다가 대답하자, 늙은이는 지혜가
있는 사위를 얻었다며, 좋은 날을 선택해 초례를 올렸다.
그런 다음부터 어떤 의심나는 일만 생기면 반드시 사위에

게 물었다.

어떤 사람이 암소를 팔자 늙은이가 사위를 불러서 모양을 보게 했다. 이때 사위가 소를 보고 이렇게 말했다.

"주두나무 궤요."

"이 사람아 그것이 아니다. 어째서 소를 보고 나무라고 하느냐?"

처가 이 소리를 듣고 조용히 지아비를 불러 꾸짖어 말했다.

"왜 소의 입술을 까서 이의 수를 센 다음 '젊다' 하고 또 꼬리를 들고 능히 많이 낳겠다 '라고 하지 않았습니까?"

이튿날 장모가 병이 났는데, 이때도 장인은 사위를 불러 병을 보게 했다. 그런데 사위는 장모의 입술을 들고 이렇게 말했다.

"이齒가 젊구나!"

그런 다음 이불을 걷은 다음 항문을 보고 말했다.

"능히 많이 낳겠구나."

이에 화가 난 장인장모가 사위를 꾸짖었다.

"나무를 소로, 소를 사람이라고 하니, 정말 너는 미친것이 틀림없구나!"

이 말을 들은 모든 사람들은 박장대소했다.

음탕한 어린과부의 요강

먼 옛날 부잣집 어린과부가 매일 유모
와 잤는데, 하루는 유모가 병이 나서 자신의 집으로 돌아
갔다. 그러자 어린과부는 이웃집 여인에게 이렇게 청했다.
"유모가 출타해 혼자 자는 것이 무서워, 아주머니 집종 고
도쇠高道釗를 불러주시면 저녁을 잘 대접하겠습니다. 그래
서 저와 함께 자게 해주심을 청합니다."
이 말에 이웃집 여자는 쉽게 허락해 고되쇠를 과부에게
보냈다. 고도쇠는 나이가 열 여덟이 엇지만, 우둔하고 지
각이 없는 남자였다. 고도쇠는 과부 집으로 와서 저녁밥을
먹고 당상에서 벌러덩 자빠져 잤다. 얼마 후 지금까지 여
자를 한 번도 경험해보지 못한 빳빳한 그의 양물이 잠옷
밖으로 뚫고 나와 하늘을 찌르고 있었다.
밤이 깊고 적막할 때 어린과부가 이 광경을 보는 순간 음
심이 발동했다. 그녀는 가만히 고도쇠의 바지를 벗기고 자
신의 음호로 들이밀었다. 그리고 천천히 앞뒤로 전진후진
을 거듭한 끝에 그의 정액을 배설시켰다. 그녀는 그의 바
지를 다시 입힌 다음 자신의 방으로 돌아가 잤다.

이튿날 아침 고도쇠를 돌려보냈다. 하지만 유모가 오지 않아 어린과부는 또다시 고도쇠를 보내달라고 청했다. 그러자 이웃집 여인은 고도쇠를 불러 말했다.

"뒷집은 부자이기 때문에 음식과 의복까지 많아서 네가 그 집으로 가는 것이 좋겠다."

그러자 고도쇠는 얼굴을 찌푸리면서 말했다.

"부자이긴 하지만 요강이 없습니다."

"부잣집에 요강이 없다니?"

"어제 저녁 요강이 없어서 아가씨가 손수 소인의 바지를 벗기고 내 귀두위에 앉아 오줌을 쌌습니다."

이 말을 들은 이웃집 여인은 부끄러워서 그 집에 다시 가라는 말을 못했다.

잠 때문에 밥값만 날린 숙부

나이가 비슷한 숙질간인 두 사람은 친척집에 볼일이 있어 급하게 길을 재촉했는데, 도중에 해가 저무는 바람에 어느 객사를 들어가 묵었다. 밤이 깊어지자 주인 부부는 이들이 묵고 있는 옆방에서 다양한 재주로 섹스를 하고 있었다.

이 소리를 들은 조카가 잠을 이루지 못하고, 그만 자신의 손으로 숙부의 그것을 잡아 흔들었다. 하지만 숙은 피곤한 나머지 깊은 잠에 빠져서 깨지 않았다. 이튿날 조카가 숙부에게 물었다.

"지난밤 옆방에서 주인부부의 사랑 나눔을 들었습니다."

"그러면 왜 나를 깨우지 않았느냐?"

"어젯밤 제가 아무리 흔들어도 아저씨께서 꼼짝하지 않았습니다."

이 말을 들은 숙부가 탄식하면서 말했다.

"조카, 오늘 하루만 더 묵으면서 그것을 반드시 보고 떠나자. 내 오늘 저녁에는 자지 않고 반드시 기다리겠다."

그날 밤이 깊었지만 주인부부의 사랑 나눔이 없어서 숙부는 잠시 눈을 붙였지만 깊은 잠에는 빠지지 않았다. 이때 옆방에서 주인 남편이 아내의 옷을 벗기는 소리가 들렸다. 그러자 조카가 숙부를 흔들어 깨우자 비몽사몽간에 기뻐하면서 큰소리로 물었다.

"주인 놈이 지금 그 일을 시작하고 있느냐?"

이 말에 놀란 주인은 음심이 위축되어 발기기 되지 못했다. 숙부는 결국 잠 때문에 주인부부의 사람 나눔을 지켜보지 못하고 밥값만 허공에 날렸다.

조선시대의 해학과 육담 한국의 야담(野談) •

약아빠진 기생에게 빠진 어리석은 양반

　　선비 최생崔生의 아버지가 함흥 통관으로 부임할 때, 아들 최생 역시 동행했다. 최생은 그곳 기생과 사랑에 빠지고 말았다. 그런데 그의 아버지가 다른 곳으로 부임하게 되면서 그 역시 기생과 헤어지게 되었다. 그러자 기생은 최생의 손목을 잡으면서 울면서 청했다.

"이제 헤어지면 언제 또다시 만나겠습니까? 원컨대 도련님 신체에서 가장 중요한 것을 하나 주시면 징표로 삼아 잊지 않겠습니다."

이에 최생은 자신의 이 하나를 뽑아 주고는 헤어졌다. 아버지를 따라가던 중 길가 나무그늘에서 말에게 물을 먹일 때였다. 이때 갑자기 사랑했던 기생 생각이 나 눈물을 핑 돌았다. 그때 어떤 청년이 이곳에 도착해 눈물을 훌쩍거렸다. 그의 뒤를 이어 다른 청년이 도착해 이 역시 눈물을 지었다. 이들을 본 최생은 마음속으로 이상한 생각이 들어서 물었다.

"너희들이 울고 있는 이유가 무엇인가?"

"네, 본인은 서울의 유명한 재상집에서 일하는 종입니다.

일찍 함흥기생을 사랑했는데, 그 기생이 통관아들의 꼬임을 받았을 때도 옛 정을 잊지 못해 틈나는 대로 만났습니다. 그런데 지금은 감사의 아들이 기생을 사랑해 감금하는 바람에 할 수없이 돌아와 우는 것입니다."

"저는 그 기생에게 많은 재물을 주었는데, 틈이 나면 서로가 정을 통했습니다. 이제 통관 집 도령은 서울로 돌아갔는데, 감사의 아들이 그를 사랑할 줄 어떻게 알았겠습니까? 그녀를 다시 만날 수 없음에 심장이 끊어지는 듯 했습니다. 이런 차지에 도련님께서 눈물짓고 저 친구의 울음을 보고 저절로 눈물이 어렸습니다."

이들의 말을 모두 들은 최생은 기생의 이름이 무엇이냐고 물었다. 그러자 두 사람 모두가 대답한 이름이 자신과 사귀던 기생이었다. 최생은 깜짝 놀란 표정으로 말했다.

"어이가 없구나. 그 미천한 것에 관심을 두었다는 내가 어리석었구나."

이렇게 말한 최생은 종에게 명해 자신이 빼주었던 이를 다시 찾아오도록 했다. 이때 기생은 전대를 내놓으면서 말했다.

"난 네 상전의 이빨이 어느 것이지를 잘 모른다. 네가 알아서 골라 가져가라."

종이 전대 속을 보자 그곳엔 수많은 이가 들어 있었다. 이것을 본 종은 어이가 없어 웃기만 했다.

구멍 위에 있는 털이 무슨 죄

　　고을사람들은 어떤 남자가 턱수염이 많다며 추하게 생각했다. 겨울 어느 날 턱수염 남자가 일을 보기위해 외출했다. 이날따라 추위가 너무 심해 주점으로 들어가서 몸을 녹이기 위해 술을 주문했다. 그러자 주점 아이가 턱수염 남자를 흘깃 보면서 물었다.

"손님께서는 무엇 때문에 술을 찾으십니까?"

이 말을 들은 턱수염 남자가 웃으면서 대꾸했다.

"언 몸을 녹이려고 그런다."

"그런데, 손님께서는 입이 없는데 어떻게 마시려고 합니까?"

이에 화가 난 턱수염 남자는 수염을 양쪽으로 가르며 소리쳤다.

"야, 이놈아! 이것이 입이 아니고 뭐란 말이냐?"

하지만 주점 아이가 입을 자세히 쳐다보면서 물었다.

"그~참! 건너편 김아병金牙兵의 마누라와 똑같이 닮았네. 손님께서도 곧 아이를 낳을 것입니다요."

주점 아이가 이렇게 말한 것은 예전에 음모가 많아 구멍

이 덮인 김아병 처의 그곳을 봤기 때문
이었다. 이 소리를 들은 주점 주인이 막
대기로 아이를 두들기며 나무랐다.

"네 아비가 시골사람이지만 지혜가 많
아 지식들 역시 반듯한데, 도대체 너는
어디로 나와서 이렇게 어리석으냐? 손
님에게 입이 있건 없건, 다른 집 여편네가 구멍이 있건 없
건 어린 네놈이 웬 참견이냐? 개의 꼬리가 비록 길어도 항
문이 자연적으로 가운데 붙어 있는데, 털이 많은 덮여 있
다고 그 밑에 구멍이 없겠느냐."

이 말을 들은 턱수염은 아이를 꾸짖고 있다며 기분이 좋았
다. 하지만 생각해보니 자신을 빗댄 말이라는 것을 알고는
부끄럽고 한편으로는 화가 치밀었다고 한다.

꼬마신랑과 신부의
첫날밤

어느 시골 사람이 얼굴이 아름다운 며느리를 얻었다. 하지만 아들은 나이가 어렸고 며느리는 혼기에 찼다. 꼬마신랑은 혼인 첫날밤만 처갓집에서 지내고 집으로 돌아왔다. 며칠 후 며느리는 좋은 날을 가려서 집으로 데려왔는데, 이때 안사돈까지 동행했다.

이날 많은 이웃을 초청한 가운데 꼬마신랑이 신부를 맞았다. 이때 꼬마신랑이 손가락으로 신부를 가리키면서 말했다.

"저 여자가 또 왔어. 며칠 전 저 팔로 나를 눕히고 끌어안으면서 다리로 나를 끼운 다음에 무겁게 내려눌렀어. 그런 다음 제 오줌을 누는 곳으로 내 것을 밤새껏 문지르고 배 위에 타기도 했어. 그러면서 헐떡거리고 씩씩거리면서 나를 못살게 했어. 또 나를 붙잡아 그 짓을 하려고…. 저 여자가 무서워, 잉잉."

꼬마신랑은 울면서 밖으로 달아났는데, 자리에 있던 사람들은 사돈의 체면을 생각해 아무 말도 하지 않았다.

얼음위에 얼어붙은 음모와
턱수염

홍풍헌洪風憲의 부인은 다른 사람의 음모
보가 몇 배나 더 무성했다. 어느 추운 겨울날 밤 얼음 위에
앉아서 오줌을 눴다. 아뿔싸, 날씨가 너무 추운 나머지 음
모가 그만 얼음위에 붙고 말았다.

그녀는 일어서려고 했지만 음모가 얼어붙어서 일어날 수
가 없었다. 그러자 큰 소리로 남편을 불렀다. 이에 놀란 풍
헌은 잠결에서 일어나 사고현장으로 갔다.

이런저런 궁리를 하던 풍연은 머리를 낮춰 입김으로 얼어
붙은 음모를 녹이려고 했다. 하지만 날씨가 너무 추워 풍
헌의 수염까지 얼음 위에 얼어붙어 일어나지 못했다.

두 사람의 모양새는 풍헌의 입과 처의 음문이 서로 마주하
고 있었다. 날이 새자 이웃집에 살고 있는 김약정金約正이
대문 앞에 서서 부르자 그는 이렇게 둘러댔다.

"관청 일이 몹시 바쁘지만, 해동하기 전에는 출근하기 어
렵다. 그대는 내말을 관가에 전하고 나를 파직하게 하여
라. 내년 봄이 지나고 농사를 지을 때에는 반드시 함께 하
겠다."

억지 이야기 같지만 당시 겨울이 얼마나 추웠는지를 잘 묘사하고 있다.

송이는 신腎이 제격

나이가 늙은 능관陵官이 능지기에게 명령했다.

"나는 늙어서 이가 없어진지 오래되어 딱딱한 음식을 씹을 수가 없구나. 내일아침 반찬은 부드럽고 연한 것으로 하되, 생치(말리거나 익히지 않은 꿩고기)나 송이 등을 좋아한다."

능관의 명령에 능지기가 중얼거리며 나갔다.

'생치는 닭을 대신하면 될 것이고 송이는 무엇으로 하지? 흠~ 옳지! 신腎으로 하면 되겠구나.'

능관의 주문도 우습지만 능지기의 중얼거림도 만만하지 않다.

번뜩이는 기생의 재치

　　　　어느 미모의 기생이 촌가로 찾아오는
나그네를 상대로 접대했다. 그들은 그녀와 한두 번씩 관계
를 해본 자들이었다. 이미 한 나그네가 기다리고 있는데,
한사람이 먼저 오다가 뒤따라오던 사람과 함께 들어오자
기생이 말했다.

"아이고~ 마부장馬部長과 우별감禹別監이 함께 들어오시는
군요."

얼마 후에 또 다른 나그네 두 사람이 들어오자 기생이 인
사했다.

"오늘은 여초관呂哨官과 최서방께서도 오셨군요."

이들 네 사람의 성을 살펴보면 올바른 성이 하나도 없었
다. 얼마 후 촌가 주인은 그들이 돌아가자 이렇게 말했다.

"이보게, 그대는 나그네들의 성을 하나도 모르는가?"

"저와 오래전부터 친한 사람들인데 모를 리가 없지요. 마
씨 · 여씨는 야사로 재미있게 풀어서 쇤네가 지은 별도의
이름입지요. 호호호."

이렇게 말한 기생이 웃으며 마씨 · 우씨 · 여씨 · 최씨로

붙인 이유를 설명하면서 얼굴이 붉혔다.

"제가 접대한 나그네들 중 몸과 양물이 크면 마馬씨, 몸은 작지만 양물이 크면 여呂씨, 박는 순간 토하면 우牛씨, 위아래로 오르락내리락 변화무쌍하면 최崔씨로 짓습니다. 이중 최씨는 참새처럼 아래위로 오르내리기 때문에 작雀이라고도 합니다."

이 말에 먼저 와서 기다리던 나그네가 물었다.

"그럼 나에겐 어떤 성으로 별호를 짓겠는가?"

"매일 헛되이 왔다가 헛되이 돌아가 허송세월만 보내기 때문에 당연히 허생원許生員이 제격입니다."

기생의 번뜩이는 재치는 나그네들을 더더욱 즐겁게 해주었다.

양물 곰팡이덕분에 누명을 벗은 어부

　　　　제주도에 살고 있는 어부가 대금大金을 가지고 서울로 올라와 객사에 머물렀다. 객사 주인부부는 성품이 포악하고 남을 속이는 계략이 뛰어났다. 그들 부부는 어부의 돈을 뺏기 위해 계략을 꾸몄다. 며칠 뒤 어부가 깊이 잠들자 주인마누라가 몰래 들어가 옆에 누웠다. 날이 밝아 어부가 잠에서 깨어나는 순간, 그녀의 남편이 화를 내며 소리쳤다.

"이놈! 네가 남의 처를 객실로 유인해서 간통했구나. 세상에 너 같은 놈은 천벌을 받아야 마땅한다!"

라면서 그를 간통죄로 관가에 고소하기 위해 포박했고, 일부러 자신의 처를 때렸다. 그러자 그의 처가 이렇게 말했다.

"어젯밤, 나그네가 나를 유인해 방으로 끌고 들어가 강제로 겁간하려고 했습니다."

어부는 꼼짝없이 당했다는 생각에 아무런 변명도 할 수가 없었다. 더구나 자신은 제주도에서 온 타향 사람이기 때문에 자신의 편이 한사람도 없을 것으로 생각해 포기했다.

주인이 관에 고소하려고 가던 중 어떤 사람이 어부에게 다가와 말했다.

"관가에 고발하면 망신은 둘째지만 재물의 손실이 많을 것이오. 그래서 돈을 합의금으로 주고 화해하는 것이 좋을 듯합니다."

이것은 주인이 다른 사람을 시켜 부탁한 것이다. 하지만 어부는 너무 억울해 이러지도 저러지도 못하고 있었다. 얼마 후 관가로 끌려갔는데, 어부는 사또 앞에서 문득 이렇게 말했다.

"사또님, 만약 방사를 했다면, 양물에 때가 묻어 있겠습니까?"

이 말을 들은 사또가 대답했다.

"방사를 하면 양물에 때가 묻어 있지 않다."

"그렇다면 저의 양물을 검사해보십시오."

어부는 이 말과 함께 양물을 꺼내보이자, 사또가 자세히 살펴보았다. 양경에는 곰팡이가 잔뜩 끼어있었고 냄새까지 역겨웠다. 이에 사또는 어부의 억울함을 것을 알고 객사 주인부부를 국문했다. 그러자 이들은 어부의 돈을 뺏기 위해 무고했다고 자백한 것이다. 그날로 어부는 제주도로 귀향한 다음 두 번 다시 서울에 오지 않았다.

떡과 산나물

　　　　　충청도 작은 마을의 오진사댁에 아름다운 여종이 있었다. 여종의 남편은 집을 비우는 시간이 많았는데, 이 틈에 주인집 아들이 여종을 간통했다. 하지만 발고하기는커녕 이것을 숨기는 쪽은 오히려 여종과 그의 부모였다.

　어느 날 밤, 주인집 아들은 자신의 부인과 자다가 부인이 잠든 틈을 타서 몰래 행랑채로 나갔다. 이때 부인이 잠에서 깨어 몰래 남편의 뒤를 따라가 행랑채 창틈으로 엿보았다. 남편이 여종의 몸을 요구하자 거절하면서 말했다.

"서방님은 무엇 때문에 흰떡처럼 고운 아가씨를 두고 구차하게 하찮은 저를 못살게 하십니까?"

"아가씨가 흰떡 같다면 너는 산나물과 같다. 음식으로 말하자면 떡을 먹은 다음에는 반드시 나물을 먹는다."

라면서 여종의 입을 맞추며 극열한 정사 후 방사에 이르렀다. 이때 그 부인은 얼른 방으로 돌아가서 자고 있는 척했다. 주인집 아들은 여종과 바람피우는 것을 부인이 모른다고 생각했다. 이튿날 부부가 아버지와 함께 있었는데, 갑자기 아들이 기침을 연발하면서 벽을 향해서 말했다.

"요즘 기침병이 생긴 것이 이상합니다."

그러자 아들 부인이 대꾸했다.

"당신께서 매일 산나물을 먹어서 그렇지요."

이 소리를 들은 아버지가 화를 내면서 꾸짖었다.

"이놈아, 산나물이 있으면 너만 먹느냐?"

이에 아들은 자신의 행위가 부끄러워 자리를 떴다.

할아버지 대가리보다
큰 양물

어느 산파가 산모의 부탁으로 왕진을 갔다. 산모 집에는 탕자가 있었는데, 산파의 미모에 빠졌다. 그는 빈집을 한 채 얻어서 병풍과 족자 등의 가구를 채워놓고 방을 캄캄하게 한 다음, 벌거벗고는 이불속에 드러누웠다. 여종을 시켜 약탕관에 궁귀芎歸 등속을 넣어 찌게 하고 교자轎子를 보내 산파를 불러왔다.

산파가 방안으로 들어와 병풍을 열고 이불속에 손을 들이밀어 산모의 윗배부터 아래로 쓰다듬었다. 하지만 배가 별로 부르지 않자, 이상하게 생각한 산파가 여러 번 아래위를 쓰다듬었다. 산파의 손이 아랫배에 이르자, 양물이 크게 뻗쳐 배꼽을 향해서 누워있었다. 이에 산파가 기겁을 하면서 뛰어나오자, 여종이 이렇게 희롱했다.

"우리 집 가시 내는 언제 쯤 해산하겠습니까?"

이에 산파가 대답했다.

"머리가 먼저 나오면 순산이고, 발이 먼저 나오면 역산이며 손이 먼저 나오면 횡산이다. 이 아이는 양물이 먼저 나왔는데, 내 평생 처음 보는 것이다. 양물은 네 할아버지의 대가리보다 커서 순산하기 어렵겠다."

여자를 내조하는 조선시대 남자

　　무더운 여름이었다. 어떤 재상집에서 사위를 맞이하는 날, 이를 축하하기 위해 여러 재상이 모여들었다. 사위가 도착하자, 주인 재상은 좌중에서 복이 가장 많은 재상을 선택해 촛불을 밝히려고 했다. 이 풍속은 복 많은 사람이 촛불을 붙여주면 사위에게 복이 들어온다고 했던 것이다. 그때 어떤 여종이 급하게 막으면서 말했다.

"잠깐만 기다려주십시오."

이 말이 떨어지기가 무섭게 얼굴빛이 누러면서 머리에는 누런 개가죽을 썼고 귀를 가렸으며 몸에는 감색도포를 입은 서생이 나타났다. 허리에는 작은 몽둥이 하나를 차고 안에서 절룩거리며 걸어 나와 촛불을 붙였다. 그런 뒤 안으로 들어가자, 여러 재상들이 괴이하게 생각해 여종에게 물었다.

"아까 촛불을 붙인 사람은 누구냐?"

이에 여종이 앞으로 나아가 꿇어앉아서 대답했다.

"이집안 맏사위인데, 이집 맏딸과 결혼해 함께 살고 있는

것이 30여 년입니다. 동쪽으론 흥인문을, 서쪽으론 사현을 넘지 않았습니다. 남으론 한강을 넘지 않았고, 북으론 장의문을 보지 못했습니다. 오직 다락 아랫방을 지켜 잠시도 떨어진 적이 없고, 월경대도 직접 매어주십니다. 두 분의 금실이 이러하기 때문에 정경마님께서 맏사위가 촛불을 켜기를 원했던 것입니다.”

계집종의 말을 들은 여러 재상들은 웃음을 참고 서로 쳐다보면서 말했다.

“그래? 그런데 허리에 찬 작은 몽둥이는 무엇에 쓰는 것이더냐?”

“아가씨의 옷이 더러워지면 빨래방망이를 풀어 손수 빨래를 해드립니다.”

이 말을 들은 여러 재상들은 참던 웃음보가 터지고 말았다.

양물과 발은 다른 것이야!

어떤 상놈의 마누라가 버선 한 켤레를 만들어 남편에게 주었다. 그는 버선을 신으려고 애를 썼지만, 너무 작아서 발이 들어가지 않았다. 그러자 남편은 혀를 차면서 마누라를 크게 꾸짖었다.

"너의 재주가 참으로 웃기는구나. 좁아야 할 물건은 너무 넓게 만들고, 커야 할 물건은 너무 작게 만들어 쓸 수가 없다. 너의 재주가 그것 밖에 안 되더냐?"

그러자 그의 마누가가 이렇게 대꾸했다.

"흥! 당신의 물건은 아름다운 줄 아시오? 길고 굵어야할 물건은 작아서 쓸모가 없고, 당연히 크지 않아야 할 발은 다달이 커지는데, 그게 무슨 조화입니까?"

이 말을 들은 사람은 모두 배꼽이 빠졌다고 한다.

바보 원님의 통곡

어떤 고을에 바보 원님이 부임하여 동헌에 나섰다. 이때 형리가 원님 앞에 서 있었는데, 갑자기 방자가 뛰어오면서 말했다.

"저의 누이동생이 방금 죽었습니다."

방자의 말을 오해한 원님은 자신의 누이동생이 죽은 줄 알고 슬프게 울었다. 얼마 후 눈물을 닦으면서 바보 원님이 물었다.

"병은 어떤 증세였느냐? 그리고 운명은 언제 했다고 하던 가?"

이에 방자가 고개를 갸웃하면서 대답했다.

"이 부고는 영감께 고한 것이 아니라, 형리에게 말한 것입니다."

원님은 그제야 눈물을 멈추고 중얼거렸다.

'아~참! 난 누이가 없지.'

원님의 중얼거림을 들은 형리는 웃음을 참느라 애를 먹었다.

대형 양물에 대형 구멍

한성에 살고 있는 직장直長이란 사람은 자신의 집을 들락거리는 참기름장수 여자에게 반해 응응응의 기회만 노리고 있었다. 그러던 어느 날 집안이 텅 빈 가운데 기름장수 여자가 왔다. 직장은 그녀를 꼬여서 방으로 들어가 응응응을 하게 되었다. 하지만 직장의 양물이 목침덩이처럼 커서 여자가 기겁하면서 받아들이지 못했다. 그녀는 환희를 누리지도 못한 채 양물을 뺀 다음 집으로 돌아갔다. 하지만 음호가 찢어지고 통증이 심해 몇날 며칠을 조리했다. 한 달 후 기름을 팔러 직장의 집에 들렀다가 안주인을 본 그녀는 웃었다. 이를 이상하게 생각한 안주인이 물었다.

"이상하네, 그대는 나만 보면 웃는 이유가 무엇인가?"

"마님, 솔직하게 털어놓을 테니 나에게 죄를 묻지 마세요. 저번에 주인영감께서 집안에 사람이 없을 때 나를 꼬였습니다. 그래서 쇤네가 박절하게 거절하지 못하고 어쩔 수 없이 응응응을 한번 허락했습니다. 주인영감의 양물이 어찌나 큰지 내가 당할 수가 없었고 재미 또한 보지 못한 채

조선시대의 해학과 육담 한국의 야담(野談) ·

내 것만 심히 중상을 입었답니다. 그래서 마님을 보면 그것이 생각나 저절로 웃음이 나온 것입니다. 도대체 마님께서는 어떻게 견디는지 궁금합니다."

기름장수의 말을 듣고 깔깔 웃으면서 대답했다.

"자네는 모를 것이야. 나는 열댓 살로부터 그와 만나 작은 음과 작은 양을 서로 교접하면서 자랐네. 그러면서 양이 커지고 음 역시 커졌다네. 그래서 구멍이 맞는 것일세."

이 말을 들은 기름장수 여자가 웃음을 참고 말했다.

"마님의 말씀이 그를 듯합니다. 쇤네 역시 어려서부터 이런 습관을 기르지 못한 것이 한스러울 뿐입니다."

이 말을 마친 기름장수 여자는 참았던 웃음을 터트리고 말았다.

부딪힌 두 개의 거북대가리

　　　　　여종만 보면 간통하기를 즐기는 난봉꾼 홍선비가 있었다.

　어느 날 홍선비는 일을 핑계로 계집종 아버지를 수십 리 밖으로 심부름 보내려고 했다.

　그러나 여종의 아버지는 홍선비의 기미를 눈치 채고 다른 사람을 대신 보냈다.

　그런 후 그는 홍선비방의 병풍 뒤에 숨었다.

　밤이 깊어지자 홍선비는 여종의 아버지가 출타한 것으로 알고 거침없이 여종의 방으로 들어갔다. 아랫목에는 사람이 누워 자고 있고 오로지 숨소리만 들렸다.

　그 소리에 홍선비는 역정이 발동해 이불 아래로 꿇어앉았다.

　그리고 한손으로 이불을 걷고 두 다리를 벌린 다음 허리를 꽉 끌어안았다. 이때 네 다리 사이에 두 마리의 거북대가리가 서로 부딪쳤다. 이에 홍선비가 당황한 나머지 얼떨결에 둘러댔다.

"너의 양물이 왜 이렇게 큰 것이냐?"

"천한 종의 양물이 크던 작던 간에 양반께서 알아서 무엇
에 쓰려고 하십니까?"
이 말을 들은 홍선비는 부끄러워 얼굴도 들지 못하고 방
을 뛰쳐나왔다.

이도저도 아닌 이야기

　　　전라도 구례 땅 거시기마을에 모로쇠가
살고 있었다. 모로쇠는 장님이지만 땅에 떨어진 개털도 찾
을 수 있고, 귀머거리지만 개미가 씨름하는 소리도 느낄
수 있다. 코가 막혔지만 쓰고 단맛을 구분할 있고, 벙어리
지만 구변이 낙화하는 폭포수와 같았다. 다리를 절고 있지
만 아들딸 9남매를 낳았고, 비록 초라하고 낡은 집이지만
항상 준마를 타고 다녔다.

　말의 색깔은 숯섬에 먹칠한 것처럼 검었고 항상 자루와 날
이 없는 낫을 허리띠 없이 허리에 찼다. 2월 어느 날 산에
서 풀을 벨 때 양지쪽에는 눈이 아홉 자나 쌓여있고, 응달
에는 키보다 큰 풀이 무성했다.

　모로쇠가 낫으로 풀을 베려는 순간 삼족사三足蛇가 머리 ·
몸통 · 꼬리가 보일락 말락 하다가 갑자기 덤벼들어 낫을
물었다. 그러자 낫은 조금씩 부어오르다가 나중엔 퉁퉁 부
어올랐다. 모로쇠는 당황하여 마을로 달려가던 중 여승을
만났다. 그녀는 진한 화장에 검은 장삼을 걸치고 있었다.

　모로쇠는 급한 마음에 여승을 불러 세워놓고 낫에 대한 이

야기를 한 뒤에 치료해줄 것을 부탁했다. 여승은 몸을 뒤로 젖힌 다음 한손을 허리에 얹고 다른 한손으로 수염을 쓰다듬으면서 말했다.

"내가 시키는 대로만 하면 된다네. 말발굽이 땅에 닿지 않은 역원이 부엌아궁이에 불 지핀 일이 없는 굴뚝의 껌정과 교수관이 먹다 남은 식은 전과 더럽혀지지 않은 행수기생의 음모와 글 읽을 때 고개를 끄덕이지 않는 선비와 허리춤의 이를 잡을 때 입을 삐죽거리지 않는 노승과 이 다섯 가지를 한 곳에 넣어 찧은 약을 낮에 바르면 금방 치료될 것이다."

모로쇠는 그때서야 안심하고 마을로 내려오는데, 길가에 종이도 바르지 않은 대설기가 하나 있었다. 거기에 술 열 말쯤을 담아두고 등자 잔으로 마구 떠서 마셨는데, 얼마 걸어가지 못해 취하고 말았다. 위로 쳐다보면 감나무에 석류가 주렁주렁 열려 있었는데, 두 손으로 땅을 짚고 방귀를 크게 한 번 뀌자, 순식간에 모든 석류가 땅으로 떨어졌다.

떨어진 석류를 주웠지만, 모두가 썩어서 먹을 수가 없었다. 하지만 모로쇠는 하나도 빠짐없이 주워서 벗 없는 마을로 찾아가 친구들과 함께 포식을 했다. 그래서 죽으려고 해도 죽을 수 없고, 살려고 해도 살 수도 없었다. 이에 따라 그 결과가 어떻게 되었는지 좀처럼 알 수가 없었다.

▣ 김영균작가 대표저서▣

- □ 한국의 핵심민담
- □ 한국의 핵심속담
- □ 소화 고금소총
- □ 한국의 전설 해학 야사 기담 전서
- □ (소설보다 흥미진진한) 이조500년 야담야사

한국의
해학과 육담

초판 1쇄 인쇄 2020년 8월 10일
초판 1쇄 발행 2020년 8월 15일

편 저 김영균
발행인 김현호
발행처 법문북스(일문판)
공급처 법률미디어

주소 서울 구로구 경인로 54길4(구로동 636-62)
전화 02)2636-2911~2, **팩스** 02)2636-3012
홈페이지 www.lawb.co.kr

등록일자 1979년 8월 27일
등록번호 제5-22호

ISBN 978-89-7535-851-7 (03810)

정가 18,000원

▌역자와의 협약으로 인지는 생략합니다.
▌파본은 교환해 드립니다.
▌이 책의 내용을 무단으로 전재 또는 복제할 경우 저작권법 제136조에 의해 5년 이하의 징역 또는 5,000만원 이하의 벌금에 처하거나 이를 병과할 수 있습니다.

이 도서의 국립중앙도서관 출판예정도서목록(CIP)은 서지정보유통지원시스템 홈페이지(http://seoji.nl.go.kr)와 국가자료종합목록 구축시스템(http://kolis-net.nl.go.kr)에서 이용하실 수 있습니다. (CIP제어번호 : CIP2020032257)

법률서적 명리학서적 외국어서적 서예·한방서적 등

최고의 인터넷 서점으로

각종 명품서적만을 제공합니다

각종 명품서적과 신간서적도 보시고
법률·한방·서예 등 정보도
얻으실 수 있는

핵심법률서적 종합 사이트

www.lawb.co.kr

(모든 신간서적 특별공급)

대표전화 (02) 2636 - 2911